U0138406

專門替華人寫の

圖解｜日語慣用句

福長浩二・檸檬樹日語教學團隊——合著

出版前言

「慣用句」是多背單字、多學文法，都無法有效解決的學習盲點，
它不是成語、也不是諺語
而是『課本沒教，日本人從小就在生活中學習與使用』、
『外國人不學保證不會』的自然用語！

「慣用句」是由名詞和動詞組成，具有「特定含意」的固定詞組，性質類似中文的「拍馬屁」、「冤大頭」等，非常平易近人的話。

我們不會認為「拍馬屁」是「拍打」「馬匹」「放屁」，或以為「冤大頭」是「冤枉」「大的」「頭部」。「拍馬屁」和「冤大頭」課本未必有教，但我們從小就在生活中自然學習、經常使用、人人都懂，「日語慣用句」也是這麼一回事！

日本人對於慣用句的【理解】

【 御茶を濁す 】＝【敷衍搪塞、蒙混過去】

【 顎で使う 】＝【頤指氣使】

【 三拍子揃う 】＝【重要的三個條件都很好】

外國人對於慣用句的【誤解】

【 御茶を濁す 】＝【把茶弄濁】　　（「御茶＝茶」。「濁す＝弄濁」。）

【 顎で使う 】＝【使用下巴】　　（「顎＝下巴」。「使う＝使用」。）

【 三拍子揃う 】＝【一音節有三拍】（「三拍子＝一音節三拍」。「揃う＝齊全」。）

即使單字能力強，「慣用句」也會「有看沒有懂」

「慣用句」的特質就是：無法依賴「單字的字義」，猜想「慣用句的真義」。也無法透過一個字、一個字拆解，就掌握「慣用句」的蛛絲馬跡。因此，單字能力派不上用場，即使看懂單字，拼拼湊湊之後，也仍偏離「慣用句」的真正語意。除了針對慣用句聚焦學習，別無他法。

慣用句「文字精簡、語意貼切直達」，很有「畫面感」，溝通很明確

　　學習「慣用句」，到底有什麼必需性？當我們聽到有人形容：他成了「冤大頭」，馬上就能理解『他碰上無辜受害的倒楣事情』。只使用「冤大頭」三個字，不需要長篇大論說是非曲直，聽者就能感受到「受害＋無辜」的完整含意。這是慣用句所具有的「文字精簡、語意貼切直達」的特質。

　　同樣的，「日語慣用句」也是如此。日本人一聽到「御手上げ」（束手無策），腦海中就會浮現「一個人搖頭說『沒轍、辦不到』的樣子」。「沒轍＋放棄」的畫面直達腦海，非常有畫面感、短短幾個字就能傳神表達。

本書從【慣用句的原字義】出發，延伸到【慣用句的引申義】，
突破外國人學習時的【誤解陷阱】！

　　本書採取「原字義是…」，「引申義是…」的對比說明法，先用插圖解釋慣用句中個別單字的意義（原字義），彷彿模擬「我們看到慣用句時，因為不知道那是慣用表達，而以單字字義來解讀，導致偏離真義」的過程。

　　再透過包含「場面、時點、情境」趣味插圖，具體呈現慣用句的意義與用法。釐清「慣用句真義」和「單字字義」的差距，善用學習盲點學會慣用句！

◎ 雀の涙
　　　すずめ　なみだ
【原字義】：麻雀的眼淚。
【引申義】：比喻薪資非常微薄。

出版前言

◎ 腰を折る
（こし お）

【原字義】：折彎腰部。

【引申義】：中途打斷別人的話。

◎ 唇を嚙む
（くちびる か）

【原字義】：咬嘴唇。

【引申義】：壓抑憤怒。

超強學習功能全圖解！看過之後恍然大悟「喔～原來引申出這樣的意思！」

【原字義圖解】：以「簡單小圖」，解釋慣用句各個單字的含意。

【引申義圖解】：以「趣味情境圖」，解釋慣用句「適用場面、適用時點、適用情境」。

七大功能分類，兼具「查詢」及「分類學習」雙重功能！

全書由日籍老師嚴選 328 個「日本人天天在用、人人一聽就懂」必學慣用句，並依適用功能分類。非常便於查詢、及做有系統的學習：

【言　　語】：相槌を打つ（聽話時做出回應）、揚げ足を取る（專挑別人語病）…

【情　　緒】：頭が痛い（傷腦筋）、頭に来る（生氣發火）…

【行為・行動】：自腹を切る（自掏腰包）、白を切る（假裝不知情）…

【負面行為】：足を引っ張る（個人言行影響群體）、油を売る（上班打混）…

【個　　性】：気が短い（容易發脾氣）、腰が低い（謙虛）…

【才能・智力】：腕が上がる（技術變好）、頭をひねる（絞盡腦汁）……

【形容人事物】：足手まとい（累贅）、火がつく（發生糾紛）、気が多い（花心）…

◆一頁一慣用句，【原字義 → 引申義 → 活用句】循序教學

本書每頁都是一個完整學習單元，包含四種學習元素：

（1）【原字義】教你「輕鬆記」：

拆解構成慣用句的個別單字，看過「簡單小圖」即能掌握各單字字義。除了充分學習更多單字，也有助於聯想「慣用句的引申義」。

（2）【引申義】教你「清楚懂」：

『咦？原來是這個意思，怎麼和原字義差這麼多！』『喔～原來是引申出這樣的意思！』看過從原字義引申出來的慣用句真義，除了恍然大悟之外，經過從「疑惑」到「解惑」的過程，對於每個慣用句，學習印象也能更深刻。

（3）【情境圖解】教你「靈活用」：

慣用句廣泛運用在日本人的生活各層面，每一張情境圖，就是一則慣用句的使用實例。將「場景、時點、情境」融入一張張日常生活圖片，除了累積生活單字能力，更能舉一反三模仿日本人到底如何使用慣用句！

（4）【活用句】教你如何「精準說」：

日語慣用句不像中文的成語、諺語，不僅出現在「讀、寫」，更常出現在日本人的「日常口語」。透過慣用句造句練習，從釐清、記憶、到活用，學習慣用句一次完備！

　　　「慣用句」是日本人生活中頻繁使用的用語，也是很基礎的日語能力。「慣用句」能夠讓日語表達更加生動、有幽默感、有畫面感、並能明確溝通。最後，預祝大家學習順利！

檸檬樹出版社 敬上

本書特色 1 ──【原字義】對比【引申義】

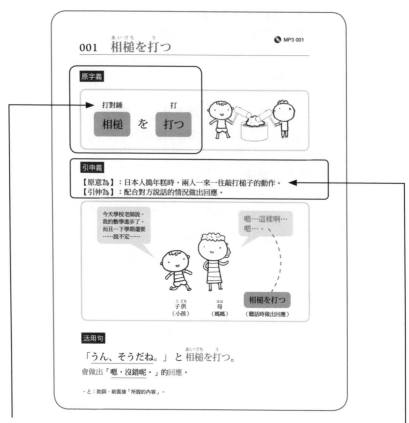

【原字義】

〈功能〉

● 解釋慣用句中，各個單字的意義。

● 彷彿模擬『當我們看到慣用句時，因為不知道那是「慣用表達」，而以單字字義來解讀，導致偏離慣用句真義』的過程。

【引申義】

〈功能〉

● 從「原字義」引申出來的「慣用句真義」。

● 掌握慣用句的意義與用法。釐清「慣用句真義」和「單字字義」的差距。

● 善用學習盲點學會慣用句！

本書特色 2 ——【字義圖】對比【情境圖】

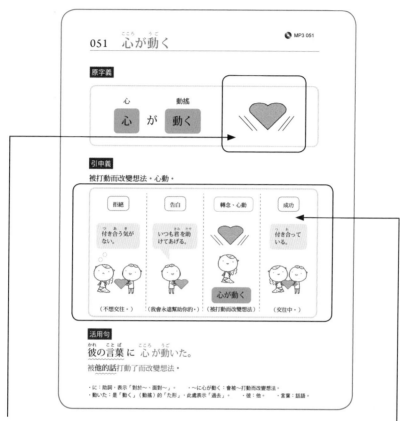

【字義圖】圖解區

〈功能〉

● 透過「簡單小圖」，一看就懂慣用句中，各個單字的意義。

● 趁機學習更多單字，也有助於聯想「慣用句的引申義」。

【情境圖】圖解區

〈功能〉

● 每一張圖，都是一則「慣用句的使用實例」。

● 圖片包含慣用句的「適用場景、適用時點、適用情境」等三要素。

● 圖片學習讓人印象深刻，勝過囉嗦的大量文字描述！

本書特色 3 ── 慣用句依功能分類，「查詢」方便！

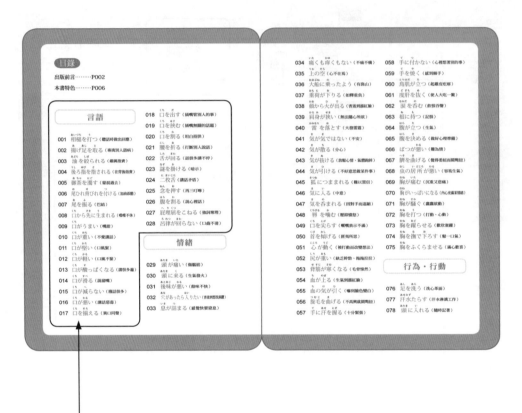

【可從目錄查詢分類】

〈功能〉

● 全書共 328 個由日籍老師嚴選的「日本人天天在用、人人一聽就懂」的必學慣用句。

● 目錄依慣用句的功能分類，便於查詢、並能根據實用目的挑選使用。

● 同時掌握同類型的慣用句，學習成效更全面完整。

本書特色 4 ── 慣用句依功能分類，學習「有系統」！

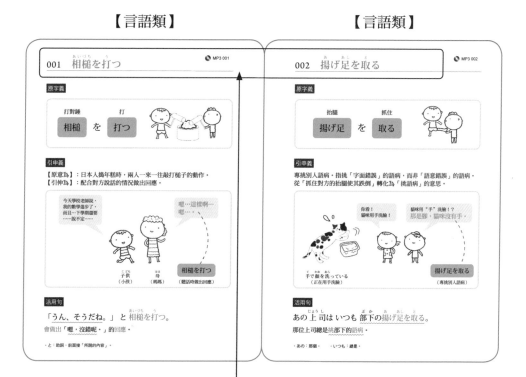

【同類的慣用句，集中聚焦學習】

〈功能〉

● 內文依照慣用句分類排序，同類型的慣用句會集中在一起。

● 集中學習同類型的慣用句，可互相比較差異，並能加深印象。除有助於根深蒂固熟記慣用句，當聽到或看到時，也能自然反應，讓慣用句「成為一種自己慣用的」日語表達內容。

目録

言語

情緒

034 痛くも痒くもない（不痛不癢）

035 上の空（心不在焉）

036 大船に乗ったよう（有靠山）

037 重荷が下りる（如釋重負）

038 顔から火が出る（害羞到漲紅臉）

039 肩身が狭い（無法隨心所欲）

040 雷を落とす（大發雷霆）

041 気が気ではない（不安）

042 気が散る（分心）

043 気が抜ける（放鬆心情、氣體跑掉）

044 気が引ける（不好意思做某件事）

045 狐につままれる（難以置信）

046 気に入る（中意）

047 気を呑まれる（因對手而退縮）

048 唇を噛む（壓抑憤怒）

049 口を尖らす（噘嘴表示不滿）

050 首を傾げる（匪夷所思）

051 心が動く（被打動而改變想法）

052 尻が重い（缺乏幹勁、拖拖拉拉）

053 背筋が寒くなる（毛骨悚然）

054 血が上る（生氣到漲紅臉）

055 血の気が引く（嚇到臉色變白）

056 旋毛を曲げる（不高興就鬧彆扭）

057 手に汗を握る（十分緊張）

058 手に付かない（心裡想著別的事）

059 手を焼く（感到棘手）

060 鳥肌が立つ（起雞皮疙瘩）

061 度肝を抜く（使人大吃一驚）

062 涙を呑む（飲恨吞聲）

063 根に持つ（記恨）

064 腹が立つ（生氣）

065 腹を決める（做好心理準備）

066 ばつが悪い（難為情）

067 臍を曲げる（覺得委屈而鬧彆扭）

068 虫の居所が悪い（容易生氣）

069 胸が痛む（沉重又悲痛）

070 胸がいっぱいになる（內心充滿某情緒）

071 胸が騒ぐ（蠢蠢欲動）

072 胸を打つ（打動、心動）

073 胸を躍らせる（歡欣雀躍）

074 胸を撫で下ろす（鬆一口氣）

075 胸をふくらませる（滿心歡喜）

行為・行動

076 足を洗う（洗心革面）

077 汗水たらす（汗水淋漓工作）

078 頭に入れる（隨時記著）

259 隅に置けない（不容小看）

260 精が出る（拼命努力工作）

261 背に腹はかえられない（不得已的狀況下）

262 血の滲むよう（費盡心血）

263 面の皮が厚い（厚臉皮）

264 手が付けられない（讓人棘手的）

265 手も足も出ない（無計可施）

266 何処吹く風（不受影響）

267 泣きっ面に蜂（禍不單行）

268 泣きを見る（將來會很慘）

269 二の次にする（當作其次）

270 二の舞を演ずる（悲劇重演）

271 睨みが利く（有威嚴）

272 糠に釘（無效）

273 微温湯につかる（安於現狀）

274 濡れ衣を着せられる（被冤枉）

275 根が深い（錯綜複雑）

276 猫を被る（裝乖巧溫柔的樣子）

277 熱が冷める（熱情退燒）

278 熱に浮かされる（著魔般入迷）

279 根も葉もない（毫無根據）

280 喉から手が出る（非常想要）

281 鼻が高い（十分得意）

282 鼻が曲がる（惡臭撲鼻）

283 鼻につく（味道特殊馬上聞到）

284 鼻の先（不遠的距離）

285 羽目を外す（得意忘形）

286 腹が黒い（內心骯髒）

287 火がつく（發生糾紛）

288 一溜まりもない（撐不久就垮）

289 火花を散らす（激烈戰爭）

290 ピンからキリまで（最好到最差）

291 袋の鼠（甕中之鱉）

292 懐が寂しい（手頭吃緊）

293 平行線をたどる（無法取得共識）

294 頬が落ちる（非常好吃）

295 骨が折れる（吃力）

296 眉を顰める（皺眉頭）

297 水を打ったよう（鴉雀無聲）

298 耳が痛い（很刺耳）

299 耳が早い（消息靈通）

300 耳に障る（聽了覺得煩）

301 耳にたこができる（聽膩了）

302 耳に付く（聽到後忘不了）

303 耳を疑う（懷疑自己聽錯）

304 耳を揃える（一毛不差）

305 脈がある（有希望）

306 実を結ぶ（開花結果）

307 虫がいい（只顧自己方便）

308 胸に秘める（深藏心裡）

309 胸を張る（自信滿滿）

310 目が眩む（被錢沖昏頭）

311 目が冴える（很清醒睡不著）

312 芽が出る（發跡、出名）

313 目が無い（喜歡到無法抗拒）

314 目が早い（很快注意到）

315 目が光る（眼睛一亮，大感讚賞）

316 目が回る（忙到頭昏眼花）

317 目と鼻の先（距離非常近）

318 目に入れても痛くない（非常疼愛）

319 目に付く（非常明顯）

320 目の上のこぶ（眼中釘）

321 目の前が暗くなる（不知如何是好）

322 目も当てられない（慘不忍睹）

323 目を疑う（懷疑自己看錯）

324 目を引く（引人注目）

325 目を丸くする（睜大眼非常驚訝）

326 目を見張る（因敬佩而睜大眼）

327 元も子もない（本利全無）

328 埒が明かない（毫無進展）

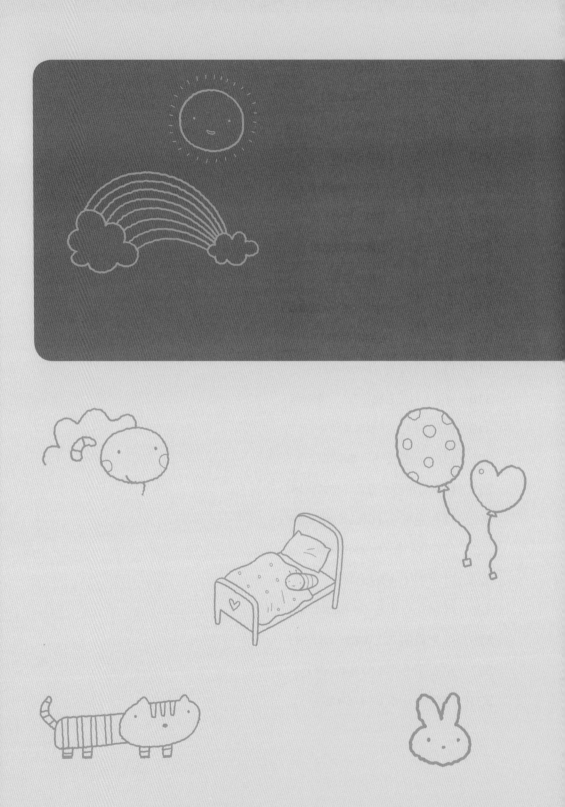

專門替華人寫の
圖解日語慣用句

001 相槌を打つ
あいづち う

原字義

打對錘　相槌　を　打　打つ

引申義

【原意為】：日本人搗年糕時，兩人一來一往敲打槌子的動作。
【引伸為】：配合對方說話的情況做出回應。

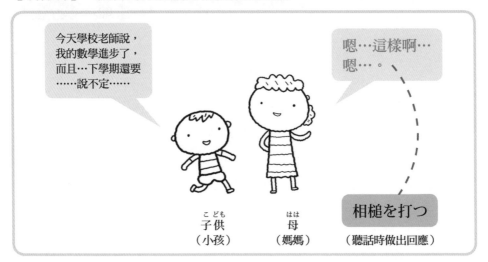

今天學校老師說，我的數學進步了，而且…下學期還要……說不定……

嗯…這樣啊…嗯…。

子供（小孩）　母（媽媽）　相槌を打つ（聽話時做出回應）

活用句

「うん、そうだね。」と 相槌を打つ。
あいづち う

會做出「嗯，沒錯呢。」的回應。

・と：助詞，前面接「所說的內容」。

あ　あし　と

原字義

抬腿　　　抓住

揚げ足　　を　　取る

引申義

專挑別人語病。指挑「字面錯誤」的語病，而非「語意錯誤」的語病。
從「抓住對方的抬腿使其跌倒」轉化為「挑語病」的意思。

你看！
貓咪用手洗臉！

貓咪用 "手" 洗臉！？
那是腳，貓咪沒有手。

て　かお　あら
手で顔を洗っている
（正在用手洗臉）

揚げ足を取る
（專挑別人語病）

活用句

じょうし　　　　　ぶか　あ　あし　と
あの上司は いつも 部下の揚げ足を取る。

那位上司總是挑部下的語病。

・あの：那個。　　・いつも：總是。

003　油を絞られる
あぶら　しぼ

原字義

油　　　　　被擰

油　を　絞られる

絞られる

あぶら
油

引申義

因為犯錯或失敗，受到十分嚴厲的指責。

だいしっぱい
大失敗
（嚴重失誤）

ぶか
部下
（部下）

ぶちょう
部長
（部長）

你怎麼搞的！

油を絞られる

（嚴厲指責）

活用句

ぶちょう　あぶら　しぼ
部長に 油を絞られた。

被部長狠狠地罵了一頓。

・に：助詞，前面接「動作對象」。
・絞られた：是「絞られる」（被擰）的「た形」，此處表示「過去」。

004　後ろ指を指される

原字義

在背後指責　後ろ指　を　被指　指される　※《●◎》

引申義

在背後指指點點，說別人壞話。背後指責。暗地責罵。

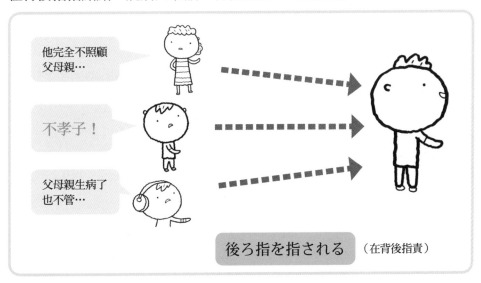

他完全不照顧
父母親…

不孝子！

父母親生病了
也不管…

後ろ指を指される　（在背後指責）

活用句

かれ　おやふこうもの　うし　ゆび　さ
彼は親不孝者 と 後ろ指を指されている。

他經常被人在背後指責為不孝子。

・彼：他。　　・と：助詞，前面接「所指的內容」。
・指されている：是「指される」（被指）的「ている形」，此處表示「經常性的行為」。

005 御茶を濁す
<ruby>御茶<rt>お ちゃ</rt></ruby> <ruby>濁<rt>にご</rt></ruby>

原字義

茶　　　　　弄濁

御茶　を　濁す

引申義

面對不想回答的問題時，敷衍、搪塞、轉移話題、蒙混過去。含糊其詞。支吾。

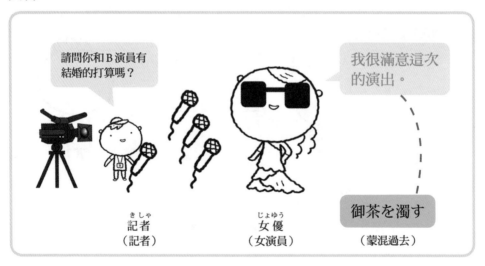

請問你和B演員有結婚的打算嗎？

我很滿意這次的演出。

<ruby>記者<rt>き しゃ</rt></ruby>
（記者）

<ruby>女優<rt>じょゆう</rt></ruby>
（女演員）

御茶を濁す
（蒙混過去）

活用句

その<ruby>女優<rt>じょゆう</rt></ruby>は すぐに <ruby>御茶<rt>お ちゃ</rt></ruby>を<ruby>濁<rt>にご</rt></ruby>した。

那個女明星立刻轉移話題、敷衍搪塞。

・その：那個。　・すぐに：立刻。　・濁した：是「濁す」（弄濁）的「た形」，此處表示「過去」。

006　尾ひれ背びれを付ける
おせつ

原字義

尾鰭　　　背鰭　　　増加、添加

尾ひれ　　背びれ　を　付ける

引申義

講話加油添醋。加以誇大。任意渲染。

聽說他們感情不好…

聽說他們感情不好，好像正在辦離婚手續……

尾ひれ背びれを付ける

（說話加油添醋）

活用句

尾ひれ背びれを付けて　言いふらされる。
おせつい

加油添醋，被到處亂講。

・付けて：是「付ける」（増加、添加）的「て形」，此處表示「描述狀態」。
・言いふらされる：是「言いふらす」（到處亂講）的「被動形」，此處表示「被〜」。

007　尾を振る

原字義

尾巴　　　擺動

尾　を　振る

引申義

不論對方說什麼，都完全順從、稱讚。巴結、阿諛奉承。

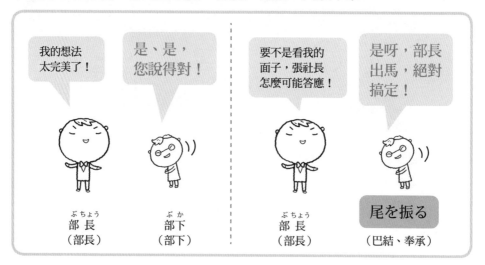

我的想法太完美了！

是、是，您說得對！

要不是看我的面子，張社長怎麼可能答應！

是呀，部長出馬，絕對搞定！

部長（部長）　部下（部下）　部長（部長）　尾を振る（巴結、奉承）

活用句

あいつは いつも 上司に尾を振っている。

那傢伙總是經常巴結上司。

・あいつ：那傢伙。　・いつも：總是。　・に：助詞，前面接「動作對象」。
・振っている：是「振る」（擺動）的「ている形」，此處表示「經常性的行為」。

008　口から先に生まれる
くち　さき　う

原字義

嘴巴　　開始　　先　　　　出生
口　から　先　に　生まれる

引申義

字面上的意思是「嘴巴先長出來」，比喻喋喋不休、能說善辯。

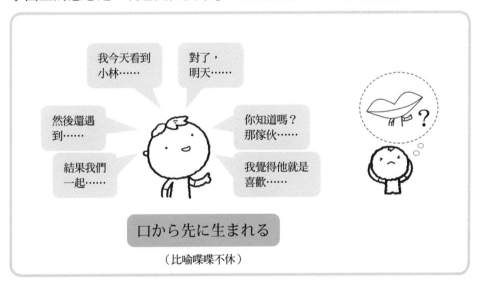

我今天看到小林……

對了，明天……

然後還遇到……

你知道嗎？那傢伙……

結果我們一起……

我覺得他就是喜歡……

口から先に生まれる

（比喻喋喋不休）

活用句

口から先に生まれた ような やつだ。
くち　さき　う

宛如嘴巴先長出來的傢伙。（喋喋不休的傢伙。）

・生まれた：是「生まれる」（出生）的「た形」，此處表示「過去」。　　・ような：像～一樣。
・やつ：傢伙。

027

　口がうまい
^{くち}

原字義

嘴巴、言語　　　高明的

口　が　うまい

引申義

嘴甜。擅長講話哄人、安慰人，可能是真心，也可能是假話。用來形容
人，大多是批評的意思，並非讚美。

口がうまい

（嘴甜）

活用句

^{くち}
口がうまい な。

嘴巴真甜啊。

・な：感嘆的語氣。

010　口が重い
<small>くち　おも</small>

原字義

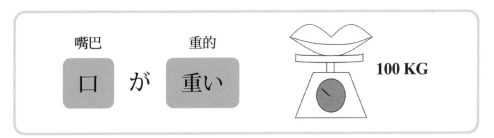

嘴巴　口　が　重い　重的　100 KG

引申義

不愛講話。不愛交際。不願意開口、不願意再提起某件事。寡言。

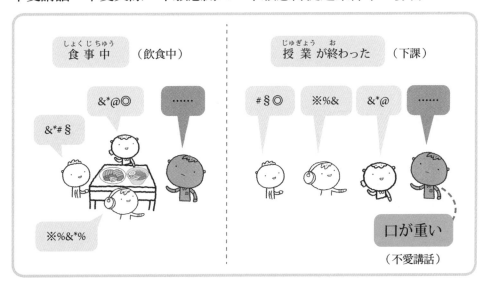

食事中（飲食中）
<small>しょくじちゅう</small>

授業が終わった（下課）
<small>じゅぎょう　お</small>

&*@◎
&*#§
※%&*%

#§◎　※%&　&*@

口が重い
（不愛講話）

活用句

彼は 口が重いので よく 不気味がられる。
<small>かれ　くち　おも　　　　ぶきみ</small>

因為他沉默寡言，所以經常讓人感到怪怪的。

・彼：他。　　・ので：助詞，因為～所以～。　　・よく：經常。　　・不気味：怪怪的、詭異。
・不気味がられる：是「不気味がる」（感覺怪怪的、詭異）的「被動形」，此處表示「被～」。

011　口が堅い
くち　かた

原字義

嘴巴　　　　牢固

口　が　堅い

引申義

口風緊，不會隨便洩漏別人的祕密。守口如瓶。說話謹慎。

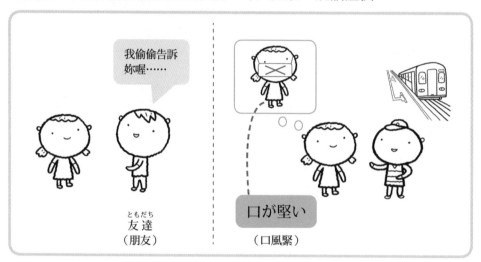

我偷偷告訴妳喔……

ともだち
友達
（朋友）

口が堅い

（口風緊）

活用句

かのじょ　くち　かた　　　　　　　かのじょ　ひみつ　う　あ
彼女は口が堅いので 彼女に秘密を打ち明けた。

因為她口風緊，所以對她坦白說出了祕密。

・彼女：她。　　　・ので：助詞，因為～所以～。　　　・に：助詞，前面接「動作對象」。
・打ち明けた：是「打ち明ける」（坦白說出）的「た形」，此處表示「過去」。

012　口が軽い

くち　かる

原字義

嘴巴　　輕的

口　が　軽い

0.001 KG

引申義

口風不緊。大嘴巴。容易將事情到處張揚。說話輕率。

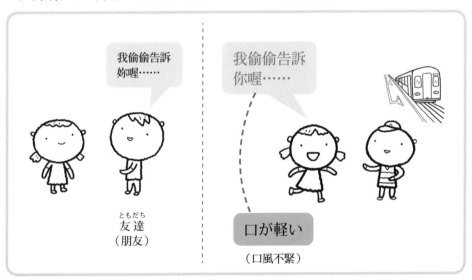

我偷偷告訴
妳喔……

我偷偷告訴
你喔……

ともだち
友達
（朋友）

口が軽い

（口風不緊）

活用句

むらかみ　くち　かる
村上は 口が軽い。

村上是大嘴巴，口風不緊。

013　口が酸っぱくなる

原字義

嘴巴　口
が
變成酸的　酸っぱくなる

引申義

同一件事講很多遍，講到嘴巴都酸了。費盡唇舌。反覆勸說。

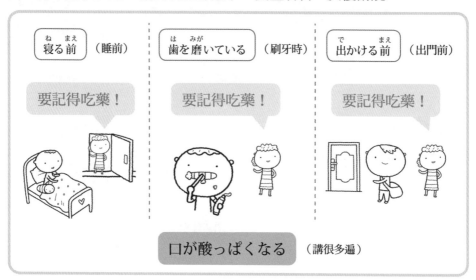

寝る前（睡前）　歯を磨いている（刷牙時）　出かける前（出門前）

要記得吃藥！　要記得吃藥！　要記得吃藥！

口が酸っぱくなる（講很多遍）

活用句

口が酸っぱくなるほど 言う。

一直說，像說到嘴巴都感覺酸了那樣。（較自然的中譯：一件事反覆說很多遍。）

・ほど：助詞，像～那樣的。　　・言う：說。

014　口が滑る

くち　すべ

原字義

嘴巴、言語　　滑、溜

口　が　滑る

……

引申義

不小心把某件事情說了出來。說溜嘴。失言。

我昨天發燒了。　昨天怎麼沒來上班？

我昨天去吃了！

新開幕的芒果冰大排長龍……

同僚
どうりょう
（同事）

口が滑る

（說溜嘴）

活用句

くち　すべ　　ひみつ　も
口が滑って 秘密を漏らしてしまった。

說溜嘴不小心洩漏了秘密。

・滑って：是「滑る」（滑、溜）的「て形」，此處表示「描述狀態」。
・漏らして：是「漏らす」（洩漏）的「て形」。
・動詞て形＋しまった：「動詞て形＋しまう」的「過去形」，此處表示「不小心、禁不住、不由得做了〜」。

015 　口が減らない

原字義

嘴巴、言語　　　不減少

口　が　減らない

引申義

廢話太多。明明兩三句話就能結束，卻講了一大堆。話多。

這是很重要的事，你們一定要很謹慎小心處理。我再強調一次，這件事真的很重要，我要求大家一定要用最謹慎的態度來面對……

口が減らない
（廢話很多）

法務大臣
（法務部長）

議員
（議員）

議員
（議員）

活用句

あの大臣は 口が減らない 人だ。

那位部長是個廢話很多的人。

・あの：那個。　・だ：斷定的語氣。

016 口が悪い
<くち　わる>

嘴巴、言語　　　壞的

口　が　悪い

……

引申義

出於善意，講很多不好聽的話，而且用詞惡毒，專挑壞的講。說話帶刺。

你還吃？你該減肥了！再胖下去對健康不好！

你不想想，你已經胖成這樣了！

口が悪い
（講話惡毒）

おとうと
弟
（弟弟）

活用句

彼女は 口が悪いが 根は優しい人だ。
<かのじょ　くち　わる　ね　やさ　ひと>

她雖然講話惡毒，不過是個本性善良的人。

・彼女：她。　　・が：助詞，雖然～不過。　　・根：本性。　　・優しい：善良的。
・だ：斷定的語氣。

017　口を揃える
<small>くち　そろ</small>

原字義

嘴巴、言語　　　　使〜一致

口　を　揃える

引申義

大家都這麼說。大家都說一樣的話。異口同聲。

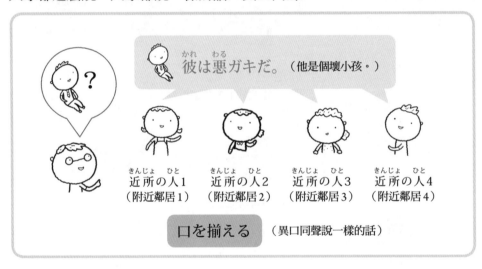

彼は悪ガキだ。（他是個壞小孩。）
<small>かれ　わる</small>

近所の人1（附近鄰居1）
<small>きんじょ　ひと</small>

近所の人2（附近鄰居2）
<small>きんじょ　ひと</small>

近所の人3（附近鄰居3）
<small>きんじょ　ひと</small>

近所の人4（附近鄰居4）
<small>きんじょ　ひと</small>

口を揃える　（異口同聲說一樣的話）

活用句

近所の人は 口を揃える。
<small>きんじょ　ひと　　くち　そろ</small>

附近鄰居都異口同聲說一樣的話。

018　口を出す
くち　だ

原字義

嘴巴　　　顯示出來

口　を　出す

引申義

插嘴管別人的事。多嘴。

############
#########

聽我說，你們都
聽我說……

@@@@@@@@@
@@@@@@@

つま
妻
（太太）

しゅうとめ
姑
（婆婆）

口を出す

（插嘴管別人的事）

おっと
夫
（丈夫）

活用句

しゅうとめ　　　　　　わたしたち　　　　　　　　くち　だ
姑 は いつも 私 達のことに口を出す。

婆婆總愛插嘴管我們的事情。

・いつも：總是。　　・私達：我們。　　・こと：事情。　　・某事＋に＋口を出す：插嘴管某事。

019　口を挟む
くち　はさ

原字義

嘴巴、言語　　　插入

口　を　挟む

引申義

與自己無關的話題，卻中途插嘴，從中插進去說話。

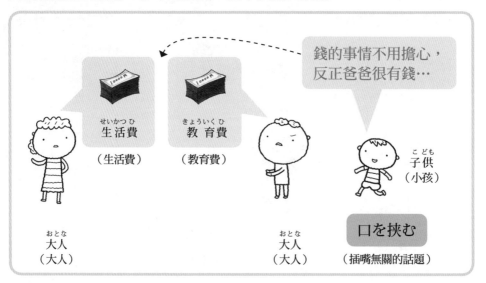

錢的事情不用擔心，
反正爸爸很有錢…

せいかつ ひ
生活費
（生活費）

きょういく ひ
教育費
（教育費）

こ ども
子供
（小孩）

おとな
大人
（大人）

おとな
大人
（大人）

口を挟む
（插嘴無關的話題）

活用句

おとな　　はなし　　くち　はさ
大人の 話 に 口を挟んじゃ だめ。

大人講話時不可以插嘴。

・話：說話。　　・〜に口を挟む：插嘴〜與自己無關的話題。　　・だめ：不可以、不行。
・挟んじゃ：是「挟む」（插入）的「て形（挟んで）＋は」（挟んでは）的「口語說法」。
・「〜てはだめ」等於「〜じゃだめ」（口語說法），表示「做〜不行」。

020　口を割る

（くち）（わ）

原字義

嘴巴　　　　分開

口　を　割る

引申義

坦白說出隱瞞的事情。招供。

快說！到底是怎麼一回事！

容疑者
（嫌犯）

警察
（警察）

口を割る
（坦白招供）

警察
（警察）

活用句

容疑者が　やっと口を割った。

嫌犯終於坦白招供了。

・割った：是「割る」（分開）的「た形」，此處表示「過去」。

021　腰を折る

原字義

腰　折彎
腰　を　折る

引申義

中途打斷別人的話，突然轉換話題，因而造成對方的不愉快，或造成場面尷尬。

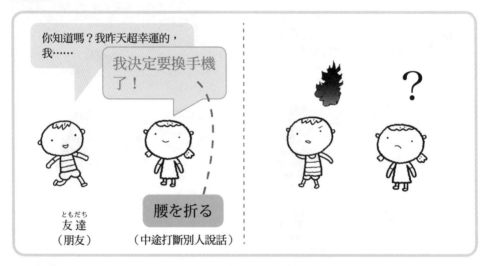

你知道嗎？我昨天超幸運的，我……

我決定要換手機了！

友達（朋友）

腰を折る（中途打斷別人說話）

?

活用句

相手の話の腰を折った。

中途打斷了對方的話。

・相手：對方。　・折った：是「折る」（折彎）的「た形」，此處表示「過去」。

022 舌が回る
<ruby>舌<rt>した</rt></ruby> <ruby>回<rt>まわ</rt></ruby>

原字義

引申義

話很多，講個不停。講話很快。很會講話。口齒流利。

活用句

あのガイドさんは 舌が回る。
<ruby>舌<rt>した</rt></ruby> <ruby>回<rt>まわ</rt></ruby>

那個導遊話很多，口齒流利、講個不停。

・あの：那個。

023 　謎を掛ける

原字義

引申義

講話兜圈子。暗示。

| 妻
（太太） | 写真
（照片） | 夫
（老公） | 謎を掛ける
（講話兜圈子、暗示） |

活用句

妻に 謎を掛けてみた。

試著對太太做了暗示。

・に：助詞，前面接「動作對象」。　　・掛けて：是「掛ける」（出（謎））的「て形」。
・動詞て形＋みた：「動詞て形＋みる」的「過去形」，此處表示「做了～試試看」。

024　二枚舌
にまいじた

原字義

両片　　　　舌頭

二枚　　　　舌

引申義

講話前後矛盾。說謊。不同場合說話不一致。

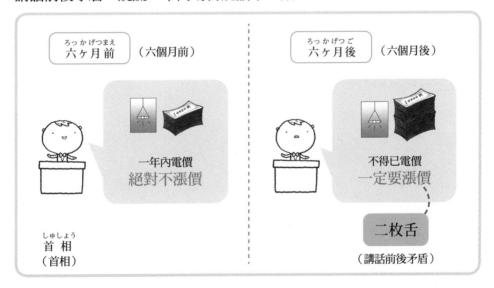

ろっかげつまえ
六ヶ月前　（六個月前）

ろっかげつご
六ヶ月後　（六個月後）

一年內電價
絕對不漲價

不得已電價
一定要漲價

二枚舌

しゅしょう
首相
（首相）

（講話前後矛盾）

活用句

しゅしょう　　にまいじた　　つか
あの首相は二枚舌を使う。

那位首相講話前後矛盾。

・あの：那個。　　・使う：採取某種手段或方法。

025　念を押す

ねん　　お

原字義

念頭　　　按
念　を　押す

引申義

再三叮嚀。再三確認。

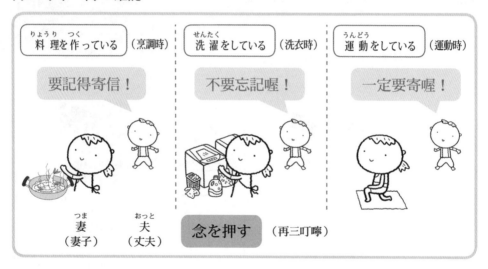

りょうり　つく
料理を作っている（烹調時）

せんたく
洗濯をしている（洗衣時）

うんどう
運動をしている（運動時）

要記得寄信！

不要忘記喔！

一定要寄喔！

つま
妻
（妻子）

おっと
夫
（丈夫）

念を押す　（再三叮嚀）

活用句

わす
忘れないで と 念を押した。

ねん　お

已經再三叮嚀說請不要忘記。

・忘れない：是「忘れる」（忘記）的「ない形」，此處表示「現在否定」。
・～ないで：此處是「～ないでください」（請不要做～）的口語省略說法。
・と：助詞，前面接「所叮嚀的內容」。　・押した：是「押す」（按）的「た形」，此處表示「過去」。

026　腹を割る
はら　　わ

原字義

腹部　　割開、分開

腹　を　割る

割る
わ

引申義

説出內心話。推心置腹。

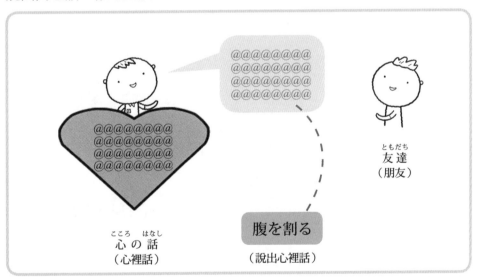

心 の 話
こころ　はなし
（心裡話）

腹を割る

（説出心裡話）

友 達
ともだち
（朋友）

活用句

腹を割って 話す。
はら　　わ　　　　はな

坦誠地、推心置腹地說話。（說出心裡話。）

・割って：是「割る」（割開、分開）的「て形」，此處表示「描述狀態」。　　・話す：說。

屁理屈をこねる
<small>へりくつ</small>

原字義

歪理　　　　捏、桿（黏黏的東西）

屁理屈　を　こねる

工廠排放廢水到河裡是不小心的。

引申義

強詞奪理。說一大堆狗屁不通的道理。

抽菸不好，趕快戒了吧。

抽菸可以轉換心情，可以提升工作效率，賺更多錢、更幸福，就會更健康長壽啊！

友達（朋友）
<small>ともだち</small>

屁理屈をこねる

（強詞奪理）

活用句

彼は いつも 屁理屈をこねる。
<small>かれ</small>　　　<small>へりくつ</small>

他總是強詞奪理。

・彼：他。　・いつも：總是。

028 呂律が回らない

ろ れつ まわ

原字義

發音、語音　　　不流利、不順暢

呂律　が　回らない

各位童鞋大家好，偶素小明。

引申義

語音含糊。口齒不清。

偶才咪何醉……
偶門再驅何下一他！

（我才沒喝醉……
我們再去喝下一攤！）

呂律が回らない

（口齒不清）

活用句

よ　　　ろ れつ　まわ
酔いすぎて、呂律が回らない。

因為喝太醉，所以講話口齒含糊不清。

・動詞＋すぎる：此處表示「太過於～」。動詞接續「すぎる」的原則，和接續「ます」一樣，怎麼樣接續「ます」，就怎麼樣接續「すぎる」。
・酔いすぎて：是「酔う（醉）＋すぎる」（酔いすぎる）（太過於醉）的「て形」，此處表示「原因」。

029 頭が痛い

あたま いた

原字義

頭　が　痛い

頭　　　　疼痛

引申義

形容「感到苦惱、傷透腦筋」，並非指真正的頭痛。

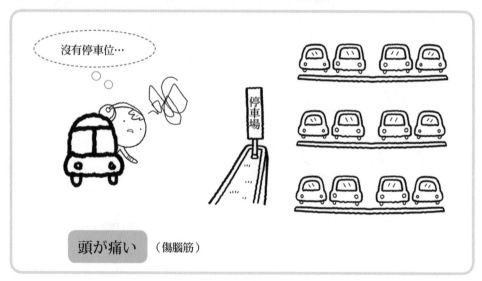

沒有停車位…

停車場

頭が痛い　（傷腦筋）

活用句

あたま いた もんだい

頭 が 痛い 問題だ。

真是個傷腦筋的問題。

・だ：斷定的語氣。

030 頭に来る
あたま　　く

原字義

頭　　　　　來

頭　に　来る　　　　く 来る

引申義

事情超過容忍的極限，終於生氣了，氣到火冒三丈。意思接近「發火了」、「火大了」。

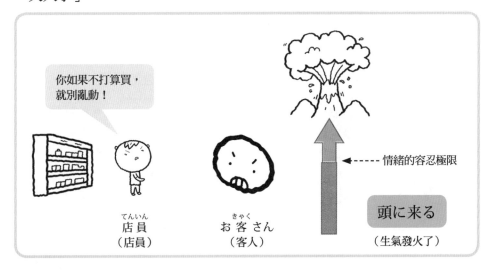

你如果不打算買，就別亂動！

てんいん
店員
（店員）

きゃく
お客さん
（客人）

- - - - → 情緒的容忍極限

頭に来る

（生氣發火了）

活用句

あたま　　き
頭に来てしまった。

忍不住發火了。

・来（き）て：是「来（く）る」（來）的「て形」。
・動詞て形＋しまった：「動詞て形＋しまう」的「過去形」，此處表示「不小心、禁不住、不由得做了～」。

031　後味が悪い
あとあじ　　わる

原字義

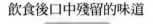

飲食後口中殘留的味道　　　不好的

後味　が　悪い

引申義

歷經某件事情之後的感覺不是很好。餘味不快。

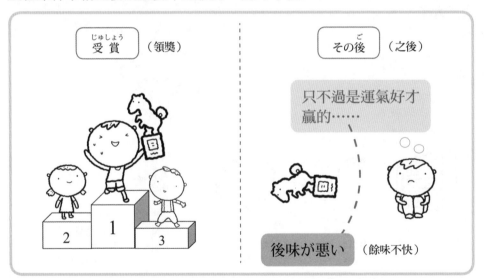

受賞（領獎）
じゅしょう

その後（之後）
ご

只不過是運氣好才贏的……

後味が悪い　（餘味不快）

活用句

運良く勝っただけ のような 感じがして 後味が悪い。
うんよ　か　　　　　　　　　　　かん　　　　　　あとあじ　わる

產生只不過是運氣好才贏的這樣的感受，比賽後的感覺不是很好。

・～のような：像～一樣的。
・感じがして：是「感じがする」（產生某種感受）的「て形」，此處表示「原因」。

穴があったら入りたい

MP3 032

原字義

洞　　　　如果有的話　　　想進入

穴　が　あったら　入りたい

引申義

非常害羞，害羞到想找個地方躲起來。

你褲子的
拉鍊沒拉！

穴があったら入りたい

（害羞到想找個洞鑽進去）

活用句

穴があったら入りたい 気分に なった。

變成了害羞到想找個洞鑽進去的心情。

（較自然的中譯：害羞到想找個洞鑽進去。）

・気分：心情。　　・に：助詞，前面接「變化結果」。
・なった：是「なる」（變成）的「た形」，此處表示「過去」。　　・～になった：變成了～。

033　息が詰まる
いきつ

原字義

氣息　息　が　詰まる　堵塞

引申義

覺得呼吸困難，好像快要窒息。憋氣。壓抑。

ひと
人ごみ
（人群擁擠）

息が詰まる
（感覺快要窒息）

活用句

息が詰まる ような 大都会で 生活している。
いきつ　だいとかい　せいかつ

生活在感覺快要窒息般的大都會之中。

・ような：像～一樣。　　・で：助詞，表示「範圍」。
・生活している：是「生活する」（生活）的「ている形」，此處表示「目前狀態」。

034　痛<ruby>痛<rt>いた</rt></ruby>くも<ruby>痒<rt>かゆ</rt></ruby>くもない

原字義

疼痛　　　　　癢　　　　　沒有

痛く　　も　　痒く　　も　　ない

引申義

不痛不癢。毫無影響。

你的音響被偷了！

無所謂，反正我剛好想換新的！

痛くも痒くもない

（不痛不癢、毫無影響）

活用句

<ruby>痛<rt>いた</rt></ruby>くも<ruby>痒<rt>かゆ</rt></ruby>くもないけど ね。

不過我覺得完全沒影響喔。

・けど：助詞，不過～。　　・ね：期待對方也會同意的語氣。

035　上の空
うわ　　そら

原字義

上面　　　　天空

上　の　空

引申義

心思不集中。心不在焉、魂不守舍。漫不經心。

%*#%*>@">
@%*#〈※●

友達
ともだち
（朋友）

上の空
（心不在焉）

活用句

何を言っても上の空だね。
なに　い　　　　　　　うわ　そら

不論說什麼，你都心不在焉耶。

・何：什麼。　・言って：是「言う」（說）的「て形」。　・動詞て形＋も：此處表示「即使做～」。
・ね：感嘆的語氣。

036　大船に乗ったよう

おおぶね　　の

原字義

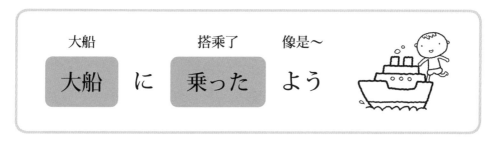

大船　　　　搭乘了　　像是～

大船　に　乗った　よう

引申義

因為有靠山，所以可以放心。穩如泰山。

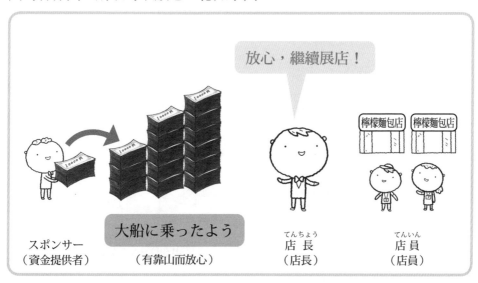

放心，繼續展店！

スポンサー
（資金提供者）

大船に乗ったよう
（有靠山而放心）

店長
てんちょう
（店長）

店員
てんいん
（店員）

檸檬麵包店　檸檬麵包店

活用句

資金面では 大船に乗ったような 気持ちだ。
し きんめん　　おおぶね　　　の　　　　　　き も

在資金方面，感覺穩如泰山，完全不用擔心。（在資金方面，有靠山，完全不必擔心。）

・で：助詞，在某方面。　・は：助詞，此處表示強調。　・気持ち：情緒、感覺。　・だ：斷定的語氣。

〈說明〉「大船に乗ったよう」的接續原則和「～ようだ」相同，屬於「な形容詞」的變化：
後面接續「名詞」時，「大船に乗ったよう＋な＋名詞」，後面接續「動詞」時，「大船に乗ったよう＋に＋動詞」

原字義

重擔、重的物品　　卸下

重荷　が　下りる

引申義

如釋重負。卸下重擔。

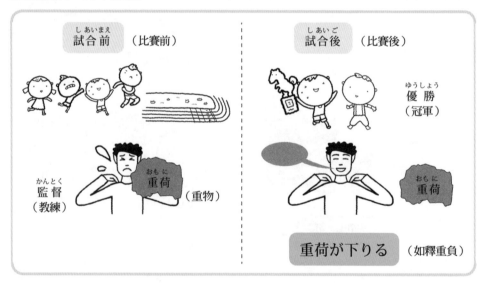

試合前（比賽前）
しあいまえ

試合後（比賽後）
しあいご

優勝
（冠軍）
ゆうしょう

監督
（教練）
かんとく

重荷
（重物）
おもに

重荷
おもに

重荷が下りる（如釋重負）

活用句

監督は やっと 肩の重荷が 下りた。
かんとく　　　　かた　おもに　お

教練終於卸下了肩上的重擔。

・やっと：終於。　　・下りた：是「下りる」（卸下）的「た形」，此處表示「過去」。

038　顔から火が出る

かお　ひ　で

臉　　　　火　　　　冒出

顔　から　火　が　出る

引申義

形容非常害羞，害羞到漲紅了臉，好像快要噴出火來。甚至很想趕快逃離現場。

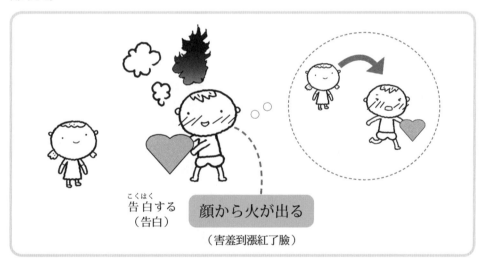

こくはく
告白する
（告白）

顔から火が出る

（害羞到漲紅了臉）

活用句

かお　ひ　で　　は
顔から火が出るほど恥ずかしい。

像臉快要噴出火來那樣的害羞。（較自然的中譯：害羞到漲紅了臉。）

・ほど：助詞，像〜那樣的。　・恥ずかしい：害羞。

039　肩身が狭い

かた み　せま

原字義

肩膀和身體　　　狹窄的

肩身　が　狭い

せま
狭い

引申義

做某件事的空間越來越小。並不是做壞事，但是無法隨心所欲。

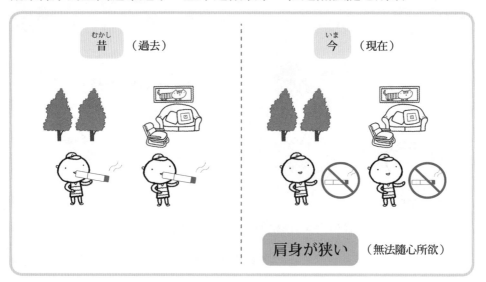

むかし
昔　（過去）

いま
今　（現在）

肩身が狭い　（無法隨心所欲）

活用句

ちかごろ　　きつえんしゃ　　かた み　せま
近頃、喫煙者は 肩身が狭い。

最近，吸煙者容身之處越來越少，無法隨心所欲。

040　雷を落とす

かみなり　お

原字義

雷　　　　　落下

雷　を　落とす

引申義

大發雷霆。咆哮如雷。

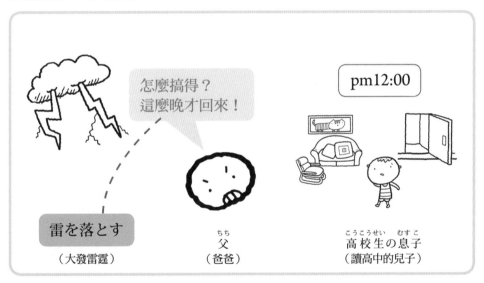

怎麼搞得？
這麼晚才回來！

pm12:00

雷を落とす
（大發雷霆）

父（爸爸）
ちち

高校生の息子
こうこうせい　むすこ
（讀高中的兒子）

活用句

ちち　　かみなり　お

父は　雷を落とした。

爸爸大發雷霆了。

・落とした：是「落とす」（落下）的「た形」，此處表示「過去」。

041　気が気ではない

原字義

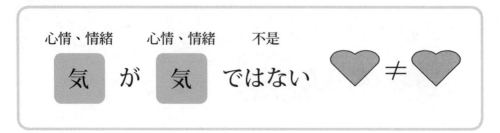

心情、情緒　　心情、情緒　　不是
気　が　気　ではない　♥ ≠ ♥

引申義

心情受某件事影響而起伏不定。焦慮、無法控制自己的情緒。很不安或擔心。慣用句中的「は」可以省略。

$@△
#%

※*#%
△$@*

喧嘩を始めそうだ
（眼看著要打起來）

気が気ではない

（內心非常不安）

活用句

私は 気が気ではない。

我的內心非常不安。

042 　気が散る
（き）（ち）

原字義

心情、情緒　　分散

気　が　散る

引申義

受外界影響而無法專心。精神渙散。精神不集中。

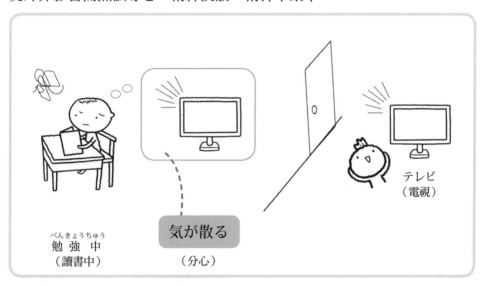

べんきょうちゅう
勉強中
（讀書中）

（分心）

気が散る

テレビ
（電視）

活用句

テレビを見ないでよ。気が散るから。
（み）　　　　　　　（き）（ち）

請不要看電視，因為我會分心。

・見ない：是「見る」（看）的「ない形」，此處表示「現在否定」。
・〜ないで：此處是「〜ないでください」（請不要做〜）的口語省略說法。
・よ：強調自己的主張的語氣。　　・から：助詞，因為〜所以〜。

043 気が抜ける

原字義

心情、情緒、氣體　　脱離、漏（氣）

| 気 | が | 抜ける |

引申義

（1）拋開緊繃的情緒，放鬆心情。（2）汽水或啤酒的氣體跑掉了。

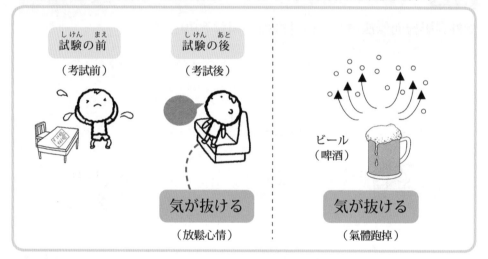

試験の前（考試前）

試験の後（考試後）

気が抜ける（放鬆心情）

ビール（啤酒）

気が抜ける（氣體跑掉）

活用句

（1） 入学試験 が 終わって、 気が抜けた。

因為入學考試結束，所以心情放鬆了。

・入学試験：入學考試。　・終わって：是「終わる」（結束）的「て形」，此處表示「原因」。
・抜けた：是「抜ける」（脱離、漏（氣））的「た形」，此處表示「過去」。

（2） 気が抜けているビールは まずい。

氣跑掉的啤酒很難喝。

・抜けている：是「抜ける」（脱離、漏（氣））的「ている形」，此處表示「目前狀態」。
・まずい：難喝的。

044 　気が引ける
（き）（ひ）

原字義

心情、情緒　　　不好意思

気　が　引ける

引申義

做出不符合自身條件的事，而感到不好意思，好像做虧心事一樣。畏縮。
因為覺得不妥當，而不好意思做出某種行為。

pm
8:00

課長（かちょう）

上司（じょうし）
（上司）

部下（ぶか）
（部下）

先に帰る（さき）（かえ）
（先回去）

気が引ける
（不好意思做某件事）

活用句

自分が先に帰ったら、気が引ける。
（じぶん）（さき）（かえ）　　　（き）（ひ）

如果自己先回去的話，會感到不好意思。

・先：（時間上）先～。　　・に：助詞，前面接「動作進行時點」。
・帰った：是「帰る」（回去）的「た形」。　　・動詞た形＋ら：此處表示「如果做～的話」。

045　狐（きつね）につままれる

MP3 045

原字義

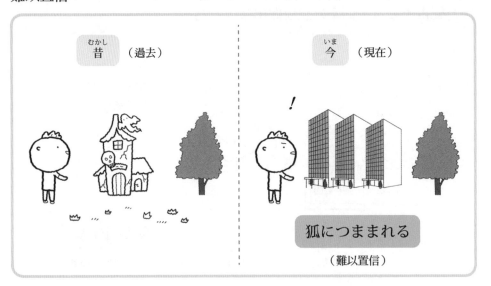

狐狸　　被～捏

狐　に　つままれる

引申義

難以置信。

昔（むかし）（過去）

今（いま）（現在）

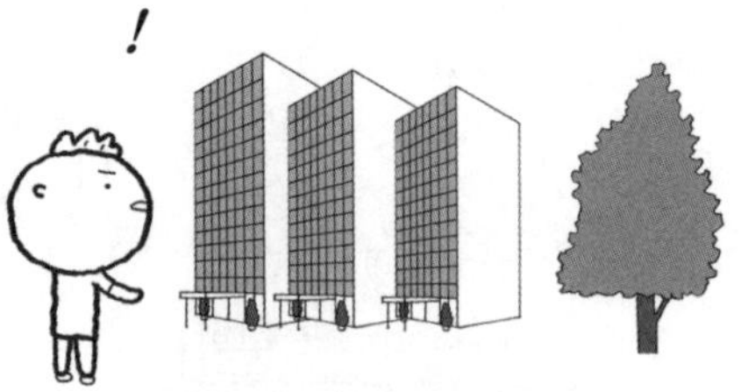

狐につままれる

（難以置信）

活用句

狐（きつね）につままれたような気持（きも）ちになった。

感覺難以置信。

・つままれた：是「つままれる」（被捏）的「た形」，此處表示「過去」。
・ような：像～一樣。　・気持ち：感覺、情緒。　・に：助詞，前面接「變化結果」。
・なった：是「なる」（變成）的「た形」，此處表示「過去」。　・～になった：變成了～。

046　気に入る

原字義

心情、情緒　気
進入　入る

引申義

中意。人、事、物符合自己的標準或喜好。稱心如意。

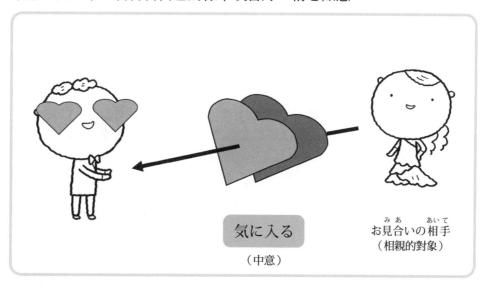

気に入る
（中意）

お見合いの相手
（相親的對象）

活用句

お見合いの相手が 気に入った。

很中意相親的對象。

・入った：是「入る」（進入）的「た形」，此處表示「過去」。
・「中意～」的表達方法有下面三種，要注意「助詞」的差異：
　（1）～のことを気に入った　（2）～のことが気に入った　（3）～が気に入った

047 気を呑まれる

（き）（の）

原字義

心情、情緒　　　　　　被呑

気　を　呑まれる

引申義

因對手而退縮。

あいて
相手
（對手）

気を呑まれる

（因對手而退縮）

活用句

わたし　あいて　ようす　き　の
私は相手の様子に気を呑まれた。

我因對手的樣子而退縮了。

・に：助詞，表示「對於〜、面對〜」。　　・〜に気を呑まれた：因〜而退縮了。
・呑まれた：是「呑まれる」（被呑）的「た形」，此處表示「過去」。

048 　唇を噛む
くちびる　か

原字義

嘴唇　　　　咬
唇 を 噛む

引申義

壓抑後悔、氣憤的感受。壓抑悔恨的情緒。生悶氣。

不算犯規。

チャージング
（帶球撞人）

さいばんいん
裁判員
（裁判）

かんとく
監督
（教練）

唇を噛む
（壓抑憤怒）

活用句

かんとく　くちびる　か
監督は 唇を噛んでいる。

教練壓抑著氣憤的情緒。

・噛んでいる：是「噛む」（咬）的「ている形」，此處表示「目前狀態」。

049 口を尖らす
（くち）（とが）

原字義

嘴巴		弄尖	
口	を	尖らす	

引申義

嘟嘴。因為某件事情不高興，所以嘟嘴表示不平、不滿。

＝不平、不満
（ふへい　ふまん）
（不平、不滿）

喧嘩（けんか）
（吵架）

口を尖らす
（嘟嘴表示不滿）

活用句

彼女は 口を尖らせた。
（かのじょ）（くち）（とが）

她嘟起了嘴表示不滿。

・彼女：她。　・尖らせた：是「尖らす」（弄尖）的「使役形（尖らせる）的た形」，此處表示「已經使（某物）～、使（某物）～了」。

050　首を傾げる
<ruby>首<rt>くび</rt></ruby><ruby>傾<rt>かし</rt></ruby>

原字義

脖子　　　　　歪、傾斜

首　を　傾げる

引申義

歪著頭一邊思考，覺得「咦！怎麼會這樣？」。感到匪夷所思，無法理解。

<ruby>仲の良い夫婦<rt>なか よ ふうふ</rt></ruby>
（感情好的夫妻）

首を傾げる
（匪夷所思）

<ruby>離婚届<rt>りこんとどけ</rt></ruby>
（離婚協議書）

活用句

みんなは <ruby>首を傾げ<rt>くび かし</rt></ruby>ている。

大家都感到匪夷所思。

・みんな：大家。　・傾げている：是「傾げる」（歪、傾斜）的「ている形」，此處表示「目前狀態」。

069

051 心が動く

こころ うご

原字義

心　心　が　動く　動搖

引申義

被打動而改變想法。心動。

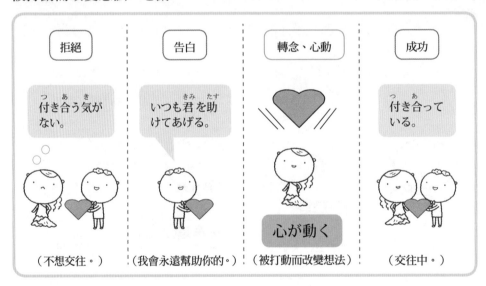

| 拒絕 | 告白 | 轉念、心動 | 成功 |

付き合う気がない。

いつも君を助けてあげる。

心が動く

付き合っている。

（不想交往。）（我會永遠幫助你的。）（被打動而改變想法）（交往中。）

活用句

彼の言葉に 心が動いた。
かれ　ことば　こころ　うご

被他的話打動了而改變想法。

・に：助詞，表示「對於～、面對～」。　　・～に心が動く：會被～打動而改變想法。
・動いた：是「動く」（動搖）的「た形」，此處表示「過去」。　　・彼：他。　　・言葉：話語。

052　尻が重い
しり　おも

原字義

屁股　　　重的

尻　が　重い

100 KG

引申義

原意為屁股很重，比喻缺乏幹勁、不想做事、拖拖拉拉。

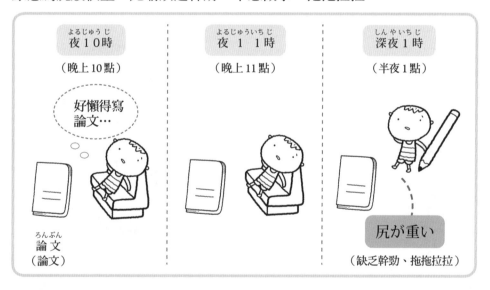

よるじゅうじ
夜１０時
（晚上10點）

よるじゅういちじ
夜 １１時
（晚上11點）

しんやいちじ
深夜１時
（半夜1點）

好懶得寫
論文…

ろんぶん
論文
（論文）

尻が重い
（缺乏幹勁、拖拖拉拉）

活用句

あいつは 何をするのも 尻が重い。
　　　　 なに　　　　　　　しり　おも

那傢伙不論做什麼，都缺乏幹勁、拖拖拉拉。

・何：什麼。　　・する：做。　　・の：形式名詞，「動詞」後面接續「助詞」時，動詞＋の＋助詞。
・も：助詞，全都～。

053 背筋が寒くなる
(せ すじ さむ)

原字義

脊梁
背筋 が

變寒冷
寒くなる

引申義

毛骨悚然。背脊不寒而慄。同義語是「身の毛もよだつ」。
(み け)

幽霊話
(ゆうれいばなし)
（鬼故事）

背筋が寒くなる
（毛骨悚然）

活用句

背筋が寒くなった。
(せ すじ さむ)

感到毛骨悚然。

・寒くなった：是「寒くなる」（變寒冷）的「た形」，此處表示「過去」。

054　血が上る
<small>ち　のぼ</small>

原字義

血　　上升

血　が　上る

引申義

形容太生氣，生氣到腦充血、整張臉漲紅的樣子。前面也可以加上「頭に」。

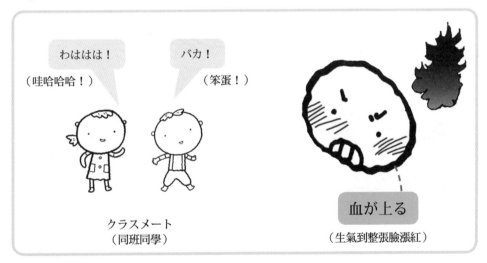

わははは！
（哇哈哈哈！）

バカ！
（笨蛋！）

クラスメート
（同班同學）

血が上る

（生氣到整張臉漲紅）

活用句

（頭に）血が上って 殴ってしまった。
<small>あたま　　　ち　のぼ　　　なぐ</small>

因為氣到腦充血、整張臉漲紅，所以忍不住揍人。

・上って：是「上る」（上升）的「て形」，此處表示「原因」。
・殴って：是「殴る」（揍）的「て形」。
・動詞て形＋しまった：「動詞て形＋しまう」的「過去形」，此處表示「不小心、禁不住、不由得做了～」。

055　血の気が引く

<ruby>血<rt>ち</rt></ruby>の<ruby>気<rt>け</rt></ruby>が<ruby>引<rt>ひ</rt></ruby>く

原字義

血色　　血の気　が　減少　引く

引申義

因害怕、恐慌、受到驚嚇而臉色發白。

<ruby>信号無視<rt>しんごうむし</rt></ruby>
（闖紅燈）

血の気が引く
（嚇到臉色變白）

活用句

<ruby>血<rt>ち</rt></ruby>の<ruby>気<rt>け</rt></ruby>が<ruby>引<rt>ひ</rt></ruby>いてしまった。

驚嚇到臉色完全變白了。

・引いて：是「引く」（減少）的「て形」。
・動詞て形＋しまった：「動詞て形＋しまう」的「過去形」，此處表示「動作完成」。

056　旋毛を曲げる
（つむじ）（ま）

原字義

毛髮裡的旋渦　　旋毛　を　弄彎　曲げる

引申義

自己不高興就鬧彆扭。

為什麼這麼晚回來？　為什麼不說話？

こども
子供
（小孩）

はは
母
（媽媽）

旋毛を曲げる
（不高興就鬧彆扭）

活用句

うちの子供は よく 旋毛を曲げる。
（こども）　　　（つむじ）（ま）

我家的孩子常常不高興就鬧彆扭。

・うち：自己所有的、自己所屬的。　・よく：經常。

057　手に汗を握る

<small>て　あせ　にぎ</small>

原字義

手　　汗水　　　握住

手 に 汗 を 握る

引申義

捏一把冷汗。形容內心很緊張。提心吊膽。

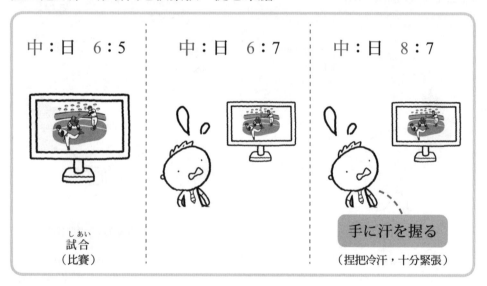

中：日　6：5　　　中：日　6：7　　　中：日　8：7

試合
（比賽）

手に汗を握る

（捏把冷汗，十分緊張）

活用句

今日の試合 は 手に汗を握るシーソーゲームだった。

<small>きょう　　しあい　　　て　あせ　にぎ</small>

今天的比賽是十分緊張的拉鋸戰。

・試合：比賽。　　・シーソーゲーム：拉鋸戰。
・だった：是「だ」（斷定的語氣）的「た形」，此處表示「過去」。

原字義

手　　　　　不附著

| 手 | に | 付かない |

引申義

心裡一直在意別的事，無法認真處理眼前的事。也可以用來形容唸書不專心。

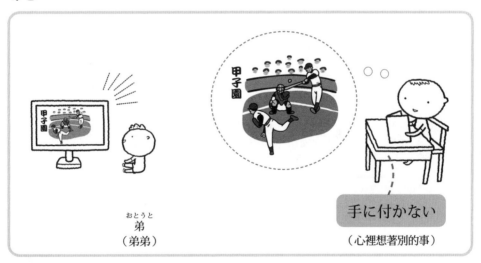

おとうと
弟
（弟弟）

手に付かない

（心裡想著別的事）

活用句

べんきょう
勉強が手^てに付^つかない。

無法專心讀書。

・勉強：讀書。

原字義

手　　　　　燒

手　を　焼く

引申義

感到棘手。感到無法對付。嘗到苦頭。

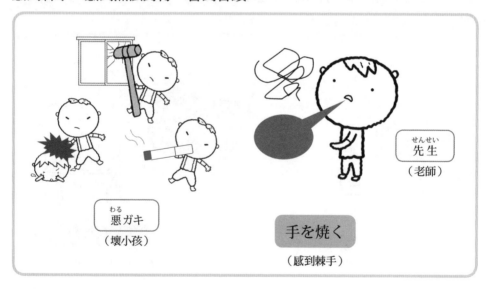

悪ガキ
（壞小孩）

先生
（老師）

手を焼く
（感到棘手）

活用句

どの先生も 彼に 手を焼いている。

不論哪位老師都對他感到棘手。

・どの：哪個。　　　・も：助詞，全都〜。　　　・に：助詞，前面接「動作對象」。
・焼いている：是「焼く」（燒）的「ている形」，此處表示「目前狀態」。
・某人＋に＋手を焼いている：對某人感到棘手。

060 鳥肌が立つ
<small>とりはだ た</small>

原字義

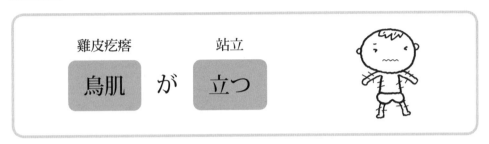

雞皮疙瘩　　　　　站立

鳥肌　が　立つ

引申義

（1）覺得噁心，起雞皮疙瘩。（2）受到感動，起雞皮疙瘩。

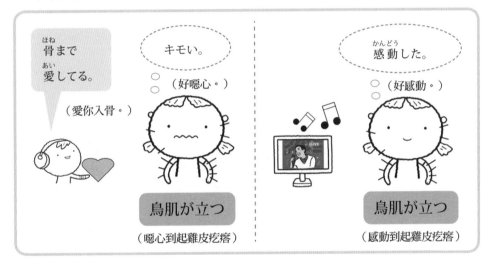

骨まで（ほね）
愛してる。（あい）

（愛你入骨。）

キモい。

○
○（好噁心。）

鳥肌が立つ

（噁心到起雞皮疙瘩）

感動した。（かんどう）

○（好感動。）
○

鳥肌が立つ

（感動到起雞皮疙瘩）

活用句

（1）聞いていると 鳥肌が立ってくる。
<small>き とりはだ た</small>

　　　聽著聽著就會越來越覺得噁心，要起雞皮疙瘩。

・聞いている：是「聞く」（聽）的「ている形」，此處表示「目前狀態」。・と：助詞，一旦～就會～。
・立って：是「立つ」（站立）的「て形」。　　・動詞て形＋くる：此處表示「越來越～」。
・～ていると～てくる：是固定說法，表示「一直做著某個動作，就會漸漸～」。

（2）全身に 鳥肌が立った。感動到全身起了雞皮疙瘩。
<small>ぜんしん とりはだ た</small>

・に：助詞，前面接「存在位置」。　　・立った：是「立つ」（站立）的「た形」，此處表示「過去」。

061 度肝を抜く
<small>ど ぎも ぬ</small>

原字義

肝臟、膽量 　　　拔出

度肝 を 抜く

引申義

（被）嚇破膽子。使人大吃一驚。

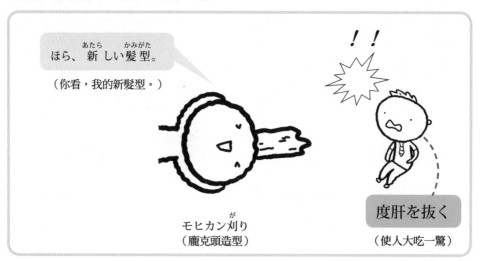

ほら、新しい髪型。
<small>あたら かみがた</small>

（你看，我的新髮型。）

モヒカン刈り
<small>が</small>
（龐克頭造型）

！！

度肝を抜く

（使人大吃一驚）

活用句

彼のモヒカン刈り に 度肝を抜かれた。
<small>かれ　　　　　が　　　　　　ど ぎも ぬ</small>

~~被他的龐克頭造型~~嚇死了。

- ・彼：他。　・に：助詞，表示「對於～、面對～」。
- ・抜かれた：「抜く」（拔出）的「被動形（抜かれる）的過去形」，此處表示「被～了」。
- ・名詞＋に＋度肝を抜かれた：被～嚇破膽了、被～嚇死了。

062　涙を呑む
なみだ　の

原字義

眼涙　　　　呑下

涙 を 呑む

引申義

飲恨吞聲。飲泣吞聲。

勝　　　　　　　　敗

126732 票　VS.　126700 票

只差32票
......

こっかい ぎ いんせんきょ
国会議員選挙
（國會議員選舉）

恨

涙を呑む　（飲恨吞聲）

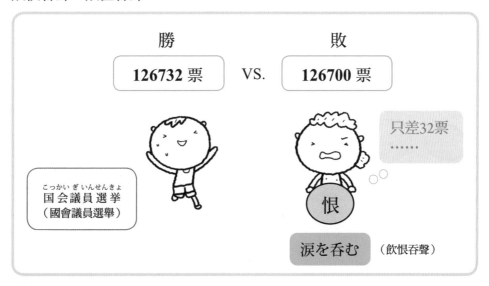

活用句

きん さ　やぶ　　　なみだ　の
僅差で敗れて 涙を呑んだ。

因為些微差距敗北，只能飲恨吞聲了。

・僅差：些微的差距。　　・で：助詞，此處表示「描述狀態」。
・敗れて：是「敗れる」（敗北）的「て形」，此處表示「原因」。
・呑んだ：是「呑む」（呑）的「た形」，此處表示「過去」。

063　根に持つ

原字義

本性　　　　持有、懷有

根　に　持つ

恨

根（本性）

引申義

因為別人對自己不好，而一直記仇、記恨。記在心裡，沒有一天忘記。
懷恨在心。

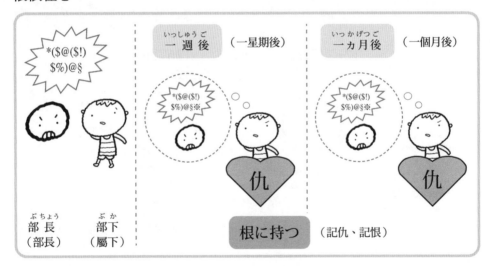

*($@($!)
$%)@§

一 週 後　（一星期後）

一 カ 月 後　（一個月後）

*($@($!)
$%)@§※

*($@($!)
$%)@§※

仇

仇

部 長
（部長）

部下
（屬下）

根に持つ　（記仇、記恨）

活用句

叱られたこと を 根に持っている。

被責罵的事一直懷恨在心。

・叱られた：是「叱る」（責罵）的「被動形（叱られる）的た形」，此處表示「過去被～」。
・こと：事情。　・持っている：是「持つ」（持有、懷有）的「ている形」，此處表示「目前狀態」。

064　腹が立つ
<small>はら　た</small>

原字義

心情、情緒　　激動
腹　が　立つ
@#*！

引申義

生氣。發怒。

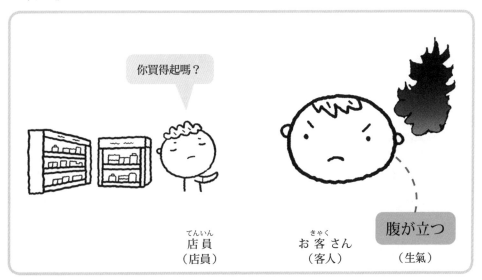

你買得起嗎？

てんいん
店員
（店員）

きゃく
お客さん
（客人）

腹が立つ
（生氣）

活用句

しつれい　たいど　　はら　た
失礼な態度 に 腹が立った。

對沒禮貌的態度感到生氣。

・失礼：沒禮貌（屬於な形容詞，接續名詞時，中間要有「な」）。
・に：助詞，表示「對於～、面對～」。
・立った：是「立つ」（激動）的「た形」，此處表示「過去」。

065　腹を決める

はら　き

原字義

心、情緒　　　　　決定

腹 を **決める**

殺蟲劑

引申義

面臨恐懼前，先做好心理準備。做好決定。下定決心。

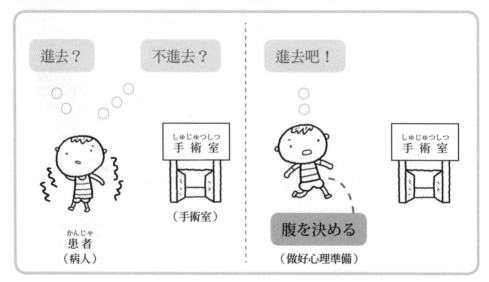

進去？　　　不進去？　　　進去吧！

しゅじゅつしつ
手術室
（手術室）

かんじゃ
患者
（病人）

腹を決める

（做好心理準備）

活用句

はら　き　　　しゅじゅつしつ　　はい
腹を決めて 手術 室に入った。

下定決心之後，進了手術室。

・決めて：是「決める」（決定）的「て形」，此處表示「做〜之後」。
・場所＋に＋入る：要進入某場所。　・入った：是「入る」（進入）的「た形」，此處表示「過去」。

066　ばつが悪い

原字義

引申義

難為情。尷尬。丟臉。侷促不安。

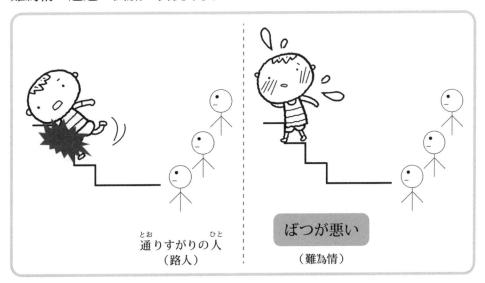

活用句

人に 見られて、 ばつが悪い。

因為被別人看到,而感到難為情。

・に:助詞,前面接「動作對象」。　・某人＋に＋見られる:被某人看到。
・見られて:是「見られる」(被看到)的「て形」,此處表示「原因」。

067　臍を曲げる
<small>へそ　ま</small>

原字義

肚臍　弄彎
臍　を　曲げる

引申義

心裡不痛快，覺得自卑、委屈而鬧彆扭。

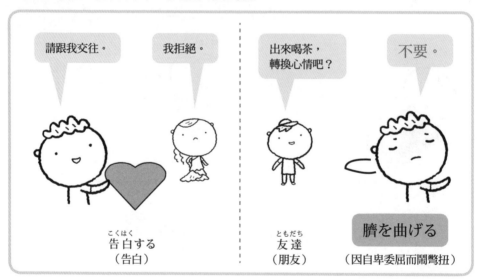

請跟我交往。　我拒絕。

出來喝茶，轉換心情吧？　不要。

こくはく
告白する
（告白）

ともだち
友達
（朋友）

臍を曲げる
（因自卑委屈而鬧彆扭）

活用句

臍を曲げたら　口をきいてくれない。
<small>へそ　ま　　　　　　くち</small>

覺得委屈而鬧彆扭之後，（對方）就不跟我說話。

・曲げた：是「曲げる」（弄彎）的「た形」。　・動詞た形＋ら：此處表示「～之後」。
・口をきく：說話。「口をきいて」是「口をきく」的「て形」。
・動詞て形＋くれない：「動詞て形＋くれる」（對方給予我～）的「否定形」，此處表示「對方不給予我～」。

068 　虫の居所が悪い

原字義

昆蟲		所在地點		不好的	普段（平常）	今日（今天）
虫	の	居所	が	悪い		

引申義

原指蟲子每天都在相同的地方，今天卻跑到別的地方。比喻容易生氣。
心情不好，很不高興。

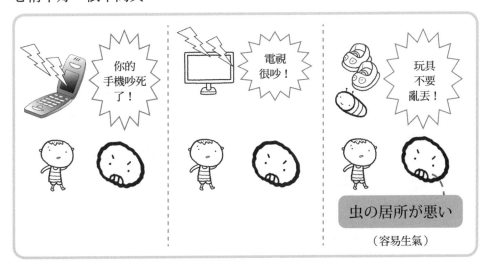

你的
手機吵死
了！

電視
很吵！

玩具
不要
亂丟！

虫の居所が悪い

（容易生氣）

活用句

父は 虫の居所 が悪いみたい だ。

爸爸好像心情不好。

・父：爸爸。　　・だ：斷定的語氣。
・〜みたい：好像（指看到某種現象或狀況，經過判斷後，覺得好像是…的樣子，但事實可能並非如自己
　想像的一樣）。

069 　胸が痛む

むね　いた

原字義

胸
胸 が
疼痛
痛む

引申義

心情非常悲傷，十分難過，很心痛。心情沈重又悲痛。痛心。傷心。難過。

事故の犠牲者の遺族
じこ　ぎせいしゃ　いぞく
（意外罹難者家屬）

胸が痛む
（感到沈重又悲痛）

活用句

むね　いた
胸が痛む。

感到十分沈重與悲痛。

070 　胸<ruby>むね</ruby>がいっぱいになる

原字義

内心　　　滿滿地　　　變成

胸　が　いっぱい　に　なる

引申義

内心充滿某種情緒。激動。受感動。

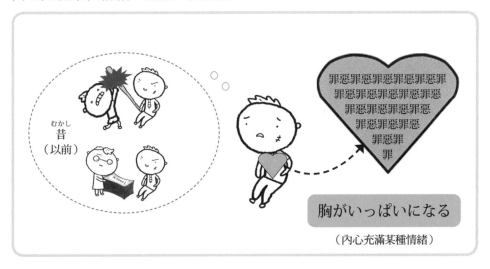

昔<ruby>むかし</ruby>
（以前）

罪惡罪惡罪惡罪惡罪
罪惡罪惡罪惡罪惡罪
罪惡罪惡罪惡罪惡
罪惡罪惡罪惡
罪惡罪
罪

胸がいっぱいになる

（内心充滿某種情緒）

活用句

罪悪感<ruby>ざいあくかん</ruby>で 胸<ruby>むね</ruby>がいっぱいになった。

内心充滿了罪惡感。

・某種情緒＋で＋胸がいっぱいになる：内心充滿某種情緒。
・なった：是「なる」（變成）的「た形」，此處表示「過去」。

071 　胸が騒ぐ
（むね）（さわ）

原字義

内心　　　　　騒動

胸　が　騒ぐ

引申義

因為期待或不安，導致內心不平靜。感覺在騷動。蠢蠢欲動。忐忑不安。心驚肉跳。

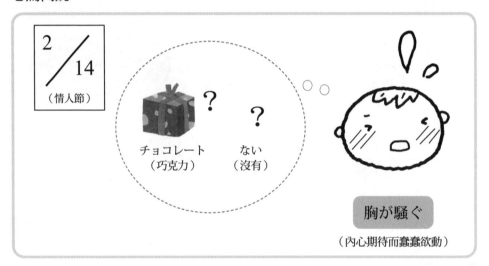

2／14
（情人節）

チョコレート　　　ない
（巧克力）　　　（沒有）

胸が騒ぐ
（內心期待而蠢蠢欲動）

活用句

バレンタインデーが近くなると胸が騒ぐ。
（ちか）　　　　　　（むね）（さわ）

一旦變得接近情人節，就會內心很期待，蠢蠢欲動。

・バレンタインデー：情人節。　・近い：接近的。　・なる：變成。　・と：助詞，一旦～就會～。
・い形容詞去掉字尾い＋く＋なる：變成～。近くなる：是「近い＋く＋なる」，表示「變成接近的」。

むね　う

原字義

胸　　　打撃

| 胸 | を | 打つ |

引申義

感動。打動、心動了。

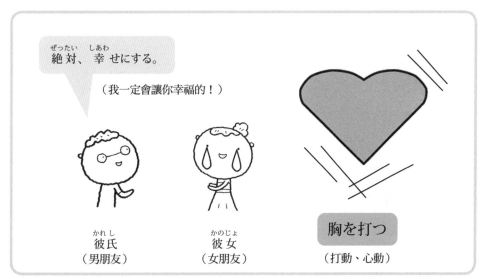

ぜったい　しあわ
絶対、幸せにする。

（我一定會讓你幸福的！）

かれし
彼氏
（男朋友）

かのじょ
彼女
（女朋友）

胸を打つ
（打動、心動）

活用句

かれ　　ことば　　かのじょ　むね　う
彼の言葉が 彼女の胸を打った。

他的話打動了她的心。

・彼：他。 　　・言葉：話語。 　　・彼女：她、女朋友。
・打った：是「打つ」（打撃）的「た形」，此處表示「過去」。

073　胸を躍らせる
（むね　おど）

原字義

内心　胸　を　使～雀躍　躍らせる

引申義

心情萬分激動，歡欣雀躍，滿心歡喜，高興到想要跳起來的感覺。只適用於期待即將發生的事。

8/31（開學）

友達と会える（ともだち　あ）
（和朋友碰面）

友達と食事する（ともだち　しょくじ）
（和朋友吃飯）

胸を躍らせる
（歡欣雀躍）

友達と遊ぶ（ともだち　あそ）
（和朋友玩）

活用句

新生活に胸を躍らせている。
（しんせいかつ　むね　おど）

對於新生活感到歡欣雀躍。

・に：助詞，表示「對於～、面對～」。
・躍らせている：是「躍らせる」（使～雀躍）的「ている形」，此處表示「目前狀態」。

074　胸を撫で下ろす
むね　な　お

原字義

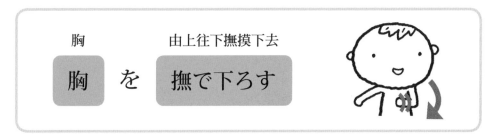

胸　　　　　由上往下撫摸下去

胸　を　撫で下ろす

引申義

原本擔心的事情解決了。鬆了一口氣，能夠放下心來。

爺爺去哪了？

まご
孫
（孫子）

じい
お爺ちゃん
（爺爺）

胸を撫で下ろす

（鬆了一口氣）

活用句

むね　な　お
胸を撫で下ろしている。

鬆了一口氣。

・撫で下ろしている：是「撫で下ろす」（由上往下撫摸下去）的「ている形」，此處表示「目前狀態」。

075　胸をふくらませる
（むね）

原字義

內心　　　　　使～膨脹

胸 を ふくらませる

引申義

指喜悅的心情不斷膨脹，已經滿滿地，但還是在變大，好像快要爆發。
意思接近滿心歡喜、滿懷期待。

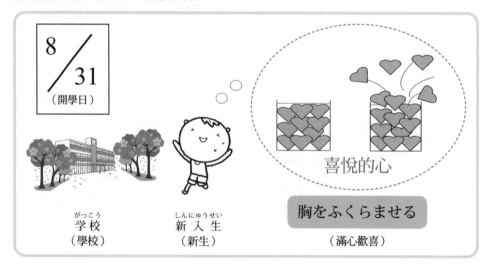

8/31
（開學日）

学校
（がっこう）
（學校）

新入生
（しんにゅうせい）
（新生）

喜悅的心

胸をふくらませる

（滿心歡喜）

活用句

期待に 胸をふくらませる。
（きたい）（むね）

充滿期待，滿心歡喜。

・に：助詞，表示「對於～、面對～」。

076　足を洗う
あし　あら

原字義

腿、腳　　　洗

足　を　洗う

引申義

【原意為】：把骯髒的腳洗乾淨。

【引申為】：不再做壞事、洗心革面、洗手不幹。也可以用來形容「不再做好事」，但多用來形容「不再做不好的事」。

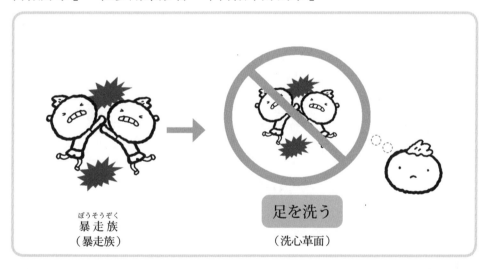

暴走族（暴走族）
ぼうそうぞく

足を洗う
（洗心革面）

活用句

彼は 暴走族から 足を洗った。
かれ　ぼうそうぞく　　　　あし　あら

他已經從暴走族洗心革面了。

・彼：他。　　・〜から足を洗う：從〜洗心革面。
・洗った：是「洗う」（洗）的「た形」，此處表示「過去」。

077　汗水<ruby>汗水<rt>あせみず</rt></ruby>たらす

原字義

汗水　　　　　滴、流

汗水　　　　たらす

引申義

汗水淋漓、辛苦地努力工作。

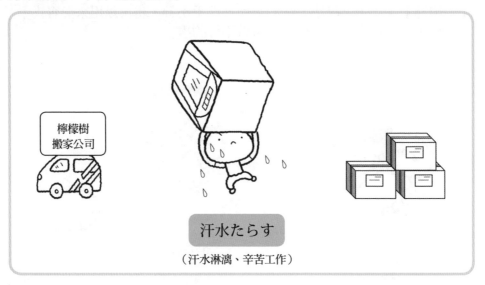

檸檬樹
搬家公司

汗水たらす

（汗水淋漓、辛苦工作）

活用句

<ruby>人<rt>ひと</rt></ruby>が<ruby>汗水<rt>あせみず</rt></ruby>たらして<ruby>稼<rt>かせ</rt></ruby>いだ<ruby>金<rt>かね</rt></ruby>を<ruby>詐欺<rt>さぎ</rt></ruby>する。

詐騙別人辛辛苦苦、流汗工作賺來的錢。

・たらして：是「たらす」（滴、流）的「て形」，此處表示「描述狀態」。
・稼いだ：是「稼ぐ」（賺錢）的「た形」，後面接續「名詞」，用來「修飾名詞」。
・金：錢。　　・詐欺する：詐騙。

078 　頭<small>あたま</small>に入<small>い</small>れる

原字義

頭　　　　放入

| 頭 | に | 入れる |

引申義

隨時記著某種想法，不能忘記。

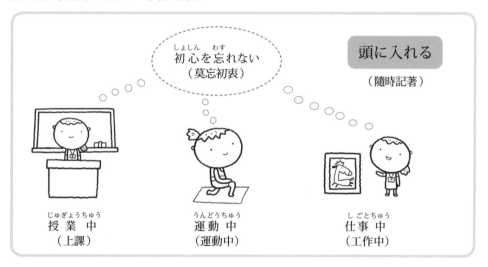

初心<small>しょしん</small>を忘<small>わす</small>れない
（莫忘初衷）

頭に入れる
（隨時記著）

授業中<small>じゅぎょうちゅう</small>
（上課）

運動中<small>うんどうちゅう</small>
（運動中）

仕事中<small>しごとちゅう</small>
（工作中）

活用句

頭<small>あたま</small>に入<small>い</small>れておいてください。

請先牢牢記著。

・入れて：是「入れる」（放入）的「て形」。
・動詞て形＋おいてください：此處表示「請先做～」。

079　後押し
あと お

原字義

後面　　　推
後　　　押し

引申義

在背後、幕後、暗地裡提供支援。支援者。

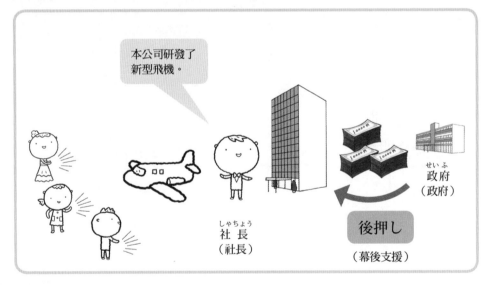

本公司研發了
新型飛機。

しゃちょう
社 長
（社長）

せい ふ
政 府
（政府）

後押し
（幕後支援）

活用句

せい ふ　　あと お　　　　　う
政府の後押し を 受けている。

接受著政府的幕後支援。

・受けている：是「受ける」（接受、得到）的「ている形」，此處表示「目前狀態」。

080 　穴^{あな}があくほど

原字義

洞　　　　開　　宛如

穴　が　あく　ほど

引申義

視線沒有移開，一直盯著某個東西看。類似中文的「一直看，看到都快看出一個洞來」。

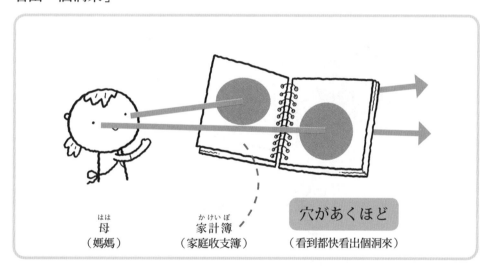

母^{はは}
（媽媽）

家計簿^{かけいぼ}
（家庭收支簿）

穴があくほど
（看到都快看出個洞來）

活用句

穴^{あな}があくほど 見^みつめている。

眼睛看著，宛如都快看出一個洞來。

・見つめている：是「見つめる」（注視）的「ている形」，此處表示「目前狀態」。

081　泡を吹かせる
（あわ　ふ）

原字義

泡沫　　　　　使〜噴出

泡　を　吹かせる

引申義

做出意想不到的事，讓別人驚嚇到快要昏倒。嚇走、嚇跑。

泡を吹かせる

（使人嚇到快昏倒）

活用句

今度 泡を吹かせてやる。
（こんど　あわ　ふ）

下次要嚇死你。

・吹かせて：是「吹かせる」（使〜噴出）的「て形」。
・動詞て形＋やる：此處表示「自己以高姿態對方做某種行為」。

息_{いき}を抜_ぬく

原字義

氣息　　　　　　　抜出

息　を　抜く

引申義

工作或做事感到疲累時，要稍微放鬆、休息一下。換口氣。

勉_{べんきょう}強　　疲_{つか}れる
（讀書）　　（疲累）

息を抜く
（放鬆休息）

活用句

息_{いき}を抜_ぬいたほうがいい よ。

稍微休息一下比較好喔。

・抜いた：是「抜く」（拔出）的「た形」。
・動詞た形＋ほうがいい：此處表示「做～比較好」。　・よ：強調自己的主張的語氣。

083 　意地を張る
いじ　は

原字義

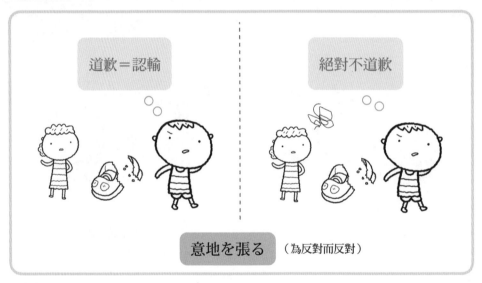

固執
堅持

意地 を 張る

引申義

為反對而反對。

道歉＝認輸

絕對不道歉

意地を張る （為反對而反對）

活用句

いじ　　は　　　こうかい
意地を張って 後悔した。

因為為反對而反對而感到後悔。

・張って：是「張る」（堅持）的「て形」，此處表示「原因」。
・後悔した：是「後悔する」（後悔）的「た形」，此處表示「過去」。

084　一か八か
いち　ばち

原字義

比喻「成功」　比喻「失敗」

一　か　八　か

いち
一 ？

はち
八 ？

引申義

形容嘗試某件事，看看會成功，還是會失敗。碰運氣。聽天由命。
（*「八」原本的發音是「はち」，在此慣用句中要發音為「ばち」。）

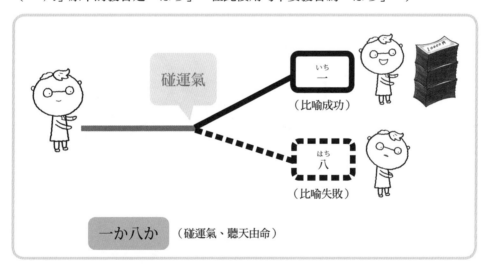

碰運氣

いち
一
（比喻成功）

はち
八
（比喻失敗）

一か八か　（碰運氣、聽天由命）

活用句

いち　ばち
一か八かで やってみる。

做看看，看看會不會成功。

・で：助詞，利用某種工具或方法。　　・やって：是「やる」（做）的「て形」。
・動詞て形＋みる：此處表示「做～看看」。

085　一本取られる
<small>いっぽん　と</small>

原字義

（柔道、劍道）一擊　　　被取得

一本　　　　取られる

引申義

被得分。被佔上風。

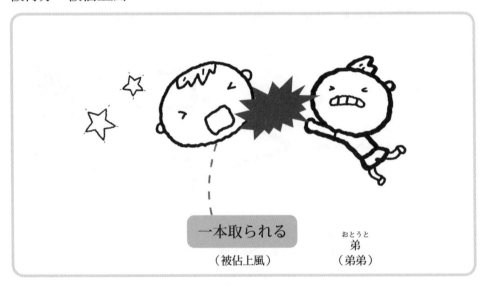

一本取られる

（被佔上風）

弟
<small>おとうと</small>
（弟弟）

活用句

今回は　弟 に一本取られた。
<small>こんかい　　おとうと　　いっぽん　と</small>

這次被弟弟佔上風了。

・に：助詞，前面接「動作對象」。
・取られた：是「取られる」（被取得）的「た形」，此處表示「過去」。

086　腕に縒りをかける
<ruby>腕<rt>うで</rt></ruby>　<ruby>縒<rt>よ</rt></ruby>

原字義

手腕　捻（線）、搓（線）　綁、戴

腕　に　縒り　を　かける

引申義

很努力、很認真的作菜。絞盡腦汁使出拿手絕活作料理。

<ruby>出来上<rt>で き あ</rt></ruby>がり（完成品）　　<ruby>調味料<rt>ちょう み りょう</rt></ruby>（調味料）

？　？　？

腕に縒りをかける　（認真作菜）

活用句

これは<ruby>腕<rt>うで</rt></ruby>に<ruby>縒<rt>よ</rt></ruby>りをかけて<ruby>作<rt>つく</rt></ruby>った<ruby>料理<rt>りょう り</rt></ruby>だ。

這是使出拿手絕活做出來的菜餚。

・これ：這〜。　　・料理：菜餚。　　・だ：斷定的語氣。
・かけて：是「かける」（綁、戴）的「て形」，此處表示「描述狀態」。
・作った：是「作る」（製作）的「た形」，後面接續「名詞」，用來「修飾名詞」。

087 　大目_{おおめ}に見_みる

原字義

大眼睛、寛容　　看
大目　に　見る

引申義

寛容、原諒別人犯的小過錯。寛恕。寛大處理。不加追究。

對不起！

沒關係，下次注意就好。

しんにゅうしゃいん
新入社員
（新進員工）

しっぱい
失敗
（失敗）

じょうし
上司
（上司）

大目に見る
（寛容、不追究）

活用句

しっぱい　　　　おおめ　　み
失敗しても 大目に見てもらえる。

即使失敗，也可以得到原諒。

・失敗して：是「失敗する」（失敗）的「て形」。　・動詞て形＋も：此處表示「即使做～」。
・見て：是「見る」（看）的「て形」。　・動詞て形＋もらえる：此處表示「可以得到對方為我做～」。

106

088　お灸を据える

きゅう　　　す

原字義

針灸　　　　擺放、灸治

お灸　を　据える

引申義

嚴厲管教。教訓一番。處罰。

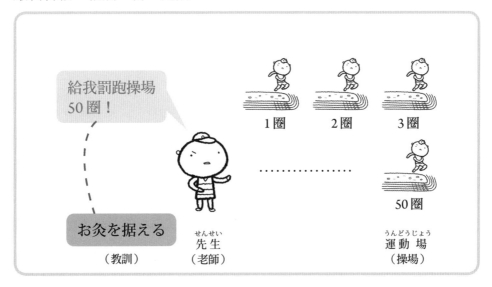

給我罰跑操場
50圈！

1圏　　　2圏　　　3圏

．．．．．．．．．．．．．．．．．

50圏

お灸を据える
（教訓）

先生
せんせい
（老師）

運動場
うんどうじょう
（操場）

活用句

ちこく　　　がくせい　　　　きゅう　す
遅刻した学生にお灸を据える。

要教訓遲到了的學生。

・遅刻した：是「遅刻する」（遲到）的「た形」，後面接續「名詞」，用來「修飾名詞」。
・に：助詞，前面接「動作對象」。

107

089 御手上げ
<ruby>御<rt>お</rt></ruby><ruby>手<rt>て</rt></ruby><ruby>上<rt>あ</rt></ruby>げ

原字義

手　　　　舉起

御手　　　上げ

引申義

束手無策。毫無辦法。沒轍。只好放棄。

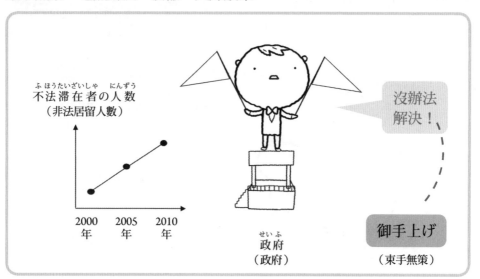

不法滞在者の人数
（非法居留人數）
ふ ほうたいざいしゃ　にんずう

2000年　2005年　2010年

政府
（政府）
せいふ

沒辦法
解決！

御手上げ
（束手無策）

活用句

<ruby>政府<rt>せいふ</rt></ruby>も <ruby>御<rt>お</rt></ruby><ruby>手<rt>て</rt></ruby><ruby>上<rt>あ</rt></ruby>げだ。

政府也束手無策。

・も：助詞，列舉某人事物也～。　　・だ：斷定的語氣。

090 親の臑をかじる

<ruby>親<rt>おや</rt></ruby> <ruby>臑<rt>すね</rt></ruby>

原字義

父母親 親

小腿 臑

咬、啃 かじる

引申義

靠父母親養活。

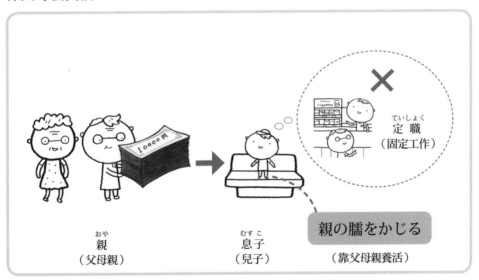

ていしょく
定職
（固定工作）

親
（父母親）
<ruby>親<rt>おや</rt></ruby>

息子
（兒子）
<ruby>息子<rt>むすこ</rt></ruby>

親の臑をかじる
（靠父母親養活）

活用句

<ruby>何歳<rt>なんさい</rt></ruby>まで<ruby>親<rt>おや</rt></ruby>の<ruby>臑<rt>すね</rt></ruby>をかじってる んだ。

你到底要靠父母親養活到幾歲為止啊？

・まで：助詞，到～為止。　　・んだ：抱持強烈興趣而提出疑問的語氣。
・かじってる：是「かじる」（咬、啃）的「て（い）る形」，口語時經常省略「い」，此處表示「目前狀態」。

091　顔色を窺う
<small>かおいろ　うかが</small>

原字義

臉色　　　　　　看、窺視

顔色　を　窺う

引申義

看別人的臉色做事。察言觀色。鑑貌辨色。

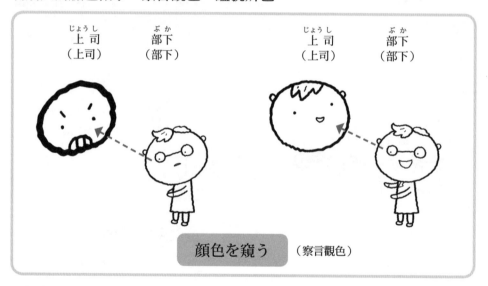

上司（上司）　部下（部下）　　　上司（上司）　部下（部下）

顔色を窺う　（察言觀色）

活用句

上司の顔色を窺ってばかりだ。
<small>じょうし　かおいろ　うかが</small>

總是看上司的臉色做事。

・窺って：是「窺う」（看、窺視）的「て形」。　　・動詞て形＋ばかり：此處表示「總是做～」。
・だ：斷定的語氣。

092 顔を立てる
かお　た

原字義

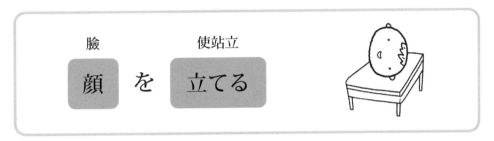

臉　　　　　　　使站立

顔　を　立てる

引申義

顧全某人面子。讓某人感到有面子。給面子。

部長，你弄錯了！

部下
（部下）

部下
（部下）

上司
（上司）

部長，這裡好像有問題…

顔を立てる

（顧全對方的面子）

活用句

上司の顔を立てる ことは 大切だ。
じょうし　　かお　た　　　　　　たいせつ

顧全上司的面子這件事，是很重要的。

・こと：事情。　・大切：重要的。　・だ：斷定的語氣。

093 肩を持つ

かた　も

原字義

肩膀　　握、支持、承擔

肩 を 持つ

引申義

站在某人那一邊。

肩を持つ

（站在某人那一邊）

活用句

かれ　かた　も
彼の肩を持つことはない よ。

沒有必要站在他那一邊啊。

・彼：他。　　・動詞辭書形＋ことはない：沒有必要做〜。　　・よ：強調自己的主張的語氣。

094　気に掛かる
　　　き　か

原字義

心情、情緒　　　掛上

気　に　掛かる

引申義

並非刻意去在乎，而是自然而然的會在意某件事。掛念。放不下心。

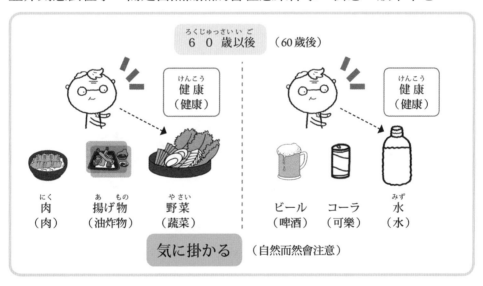

６０歳以後　（60歳後）
ろくじゅっさいいご

健康（健康）
けんこう

肉（肉）
にく

揚げ物（油炸物）
あ　もの

野菜（蔬菜）
やさい

気に掛かる　（自然而然會注意）

ビール（啤酒）　コーラ（可樂）　水（水）
　　　　　　　　　　　　　　　　みず

活用句

健康のこと が いつも 気に掛かる。
けんこう　　　　　　　　き　か

會很自然地總是注意到健康相關的事。

・こと：事情。　　・いつも：總是。

095　気を配る
（き　くば）

原字義

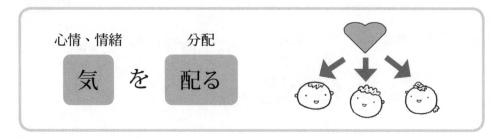

心情、情緒 — 気 を　分配 — 配る

引申義

在意、在乎、關心所有人的心情或是想法，是一種出於善意、很體貼的表現。照顧。顧全。

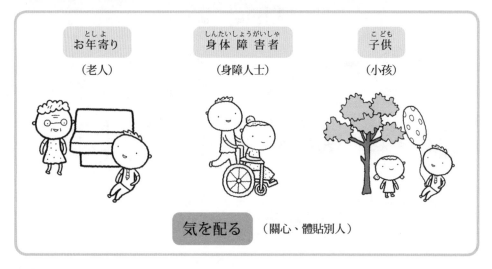

お年寄り（としょ）
（老人）

身体障害者（しんたいしょうがいしゃ）
（身障人士）

子供（こども）
（小孩）

気を配る　（關心、體貼別人）

活用句

彼（かれ）は いつも 周囲（しゅうい）の人（ひと）に気（き）を配（くば）る。

他總是很關心周遭的人。

・彼：他。　　・いつも：總是。　　・に：助詞，前面接「動作對象」。

114

096　釘を刺す
_{くぎ}　_さ

原字義

釘子　　　　　刺入

釘　を　刺す

引申義

事先想到對方可能會做什麼，為了不讓對方這麼做，事先提出阻止。

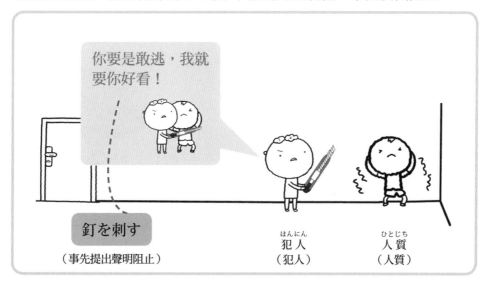

你要是敢逃，我就要你好看！

釘を刺す
（事先提出聲明阻止）

犯人（犯人）
_{はんにん}

人質（人質）
_{ひとじち}

活用句

犯人は「逃げたら殺すぞ」と釘を刺した。
_{はんにん}　　　　に　　ころ　　　　　くぎ　さ

犯人事先提出了警告：「要是逃跑的話，就殺了你！」

・逃げた：是「逃げる」（逃跑）的「た形」。　　・動詞た形＋ら：此處表示「如果做～的話」。
・殺す：殺掉。　　・ぞ：強調的語氣。　　・と：助詞，前面接「所說的內容」。
・刺した：是「刺す」（刺入）的「た形」，此處表示「過去」。

097　草^{くさ}の根^ねを分^わけて捜^{さが}し出^だす

原字義

草根		分開之後		搜尋出來
草の根	を	分けて		捜し出す

引申義

用盡各種方法，找遍各個角落。徹底尋找。

草の根を分けて捜し出す

（找遍各角落、徹底尋找）

活用句

草^{くさ}の根^ねを分^わけて捜^{さが}し出^だせ。

找遍每個角落，徹底找出來！

・捜し出せ：是「捜し出す」（搜尋出來）的「命令形」。

098 　口車に乗る
（くちぐるま　の）

原字義

花言巧語　　　　搭乗

口車　に　乗る

引申義

聽信別人說的花言巧語。被別人說的話所煽動。上當。

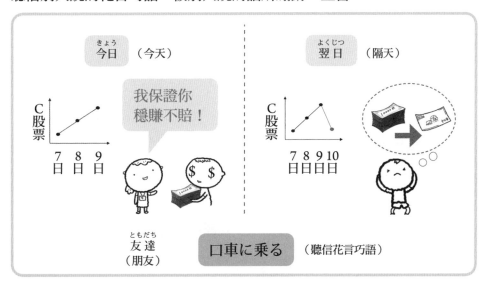

活用句

あいつの口車には乗らないよ。
（くちぐるま　　　　の）

不會聽信那傢伙的花言巧語啦。

・あいつ：那傢伙。　　・乗らない：是「乗る」（搭乘）的「ない形」，此處表示「現在否定」。
・口車には乗らない：否定時，「に」後面加「は」語感較自然。　　・よ：強調自己的主張的語氣。

099　首にする <small>くび</small>

原字義

脖子、解雇　　做
首　に　する
解雇

引申義

將某人革職、開除。

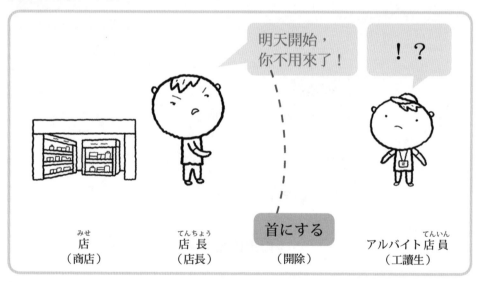

明天開始，
你不用來了！

！？

店<small>みせ</small>
（商店）

店長<small>てんちょう</small>
（店長）

首にする
（開除）

アルバイト店員<small>てんいん</small>
（工讀生）

活用句

店長<small>てんちょう</small> は あのアルバイト店員<small>てんいん</small> を 首<small>くび</small>にした。

店長把那個工讀生開除了。

・した：是「する」（做）的「た形」，此處表示「過去」。

100　首を突っ込む
くび　つ　こ

原字義

脖子　首　を　塞進　突っ込む

引申義

涉入。本來與事件無關，後來變成有關聯。牽扯上某事。深入。過分干預。

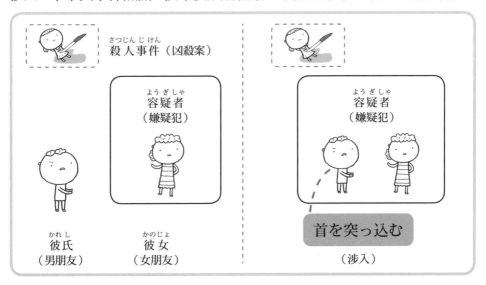

さつじん じ けん
殺人事件（凶殺案）

ようぎしゃ
容疑者
（嫌疑犯）

かれ し
彼氏
（男朋友）

かのじょ
彼女
（女朋友）

ようぎしゃ
容疑者
（嫌疑犯）

首を突っ込む

（涉入）

活用句

たんてい　　じ けん　くび　つ　こ
探偵は 事件に首を突っ込んだ。

偵探（因為調查而）涉入了案件。

・事件：案件。　　・某事＋に＋首を突っ込む：涉入某事。
・突っ込んだ：是「突っ込む」（塞進）的「た形」，此處表示「過去」。

101　首を長くする

原字義

脖子　　　　弄長

首　を　長くする

引申義

一直等待某件事發生，心裡不停地想著「是現在嗎？」；通常有期待的意思，和「引頸期待」相似。

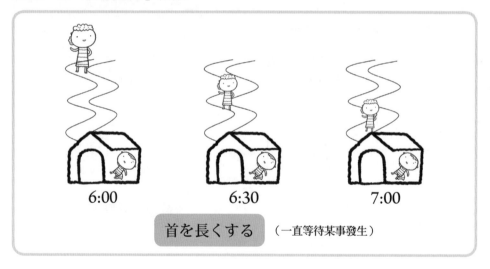

6:00　　　　　6:30　　　　　7:00

首を長くする　（一直等待某事發生）

活用句

彼のニューアルバム を 首を長くして 待っている。

引頸期待，等待著他的新專輯。

・彼：他。　　・ニューアルバム：新專輯。
・長くして：是「長くする」（弄長）的「て形」，此處表示「描述狀態」。
・待っている：是「待つ」（等待）的「ている形」，此處表示「目前狀態」。

102　心を鬼にする
<ruby>心<rt>こころ</rt></ruby>　<ruby>鬼<rt>おに</rt></ruby>

原字義

| 心 | 無惡不做的惡魔 | 使～成為 |

心 を 鬼 に する ♥ →

引申義

形容明知道對方很可憐、很辛苦，但是希望對方更好，所以故意磨練他，嚴格要求他。

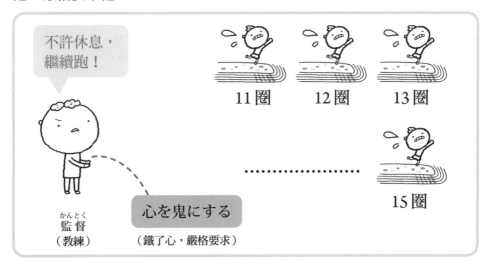

不許休息，繼續跑！

11圈　　12圈　　13圈

15圈

<ruby>監督<rt>かんとく</rt></ruby>
（教練）

心を鬼にする
（鐵了心，嚴格要求）

活用句

<ruby>監督<rt>かんとく</rt></ruby>は <ruby>彼<rt>かれ</rt></ruby>に <ruby>心<rt>こころ</rt></ruby> を <ruby>鬼<rt>おに</rt></ruby>にした。

教練對他鐵了心，進行嚴格的磨練。

・に：助詞，前面接「動作對象」。　・した：是「する」（使～成為）的「た形」，此處表示「過去」。

103　腰を上げる

原字義

腰　を　上げる
腰　　　抬起

引申義

原本坐著休息，終於起身，開始進行工作。常用「重い腰を上げる」
（終於著手處理）的形式，請參考下方活用句。

腰を上げる

（開始著手處理）

活用句

彼は初めて重い腰を上げた。

他終於開始著手處理了。

・彼：他。　　・初めて：此處是副詞用法，表示「終於」。　　・重い：沉重的。
・上げた：是「上げる」（抬起）的「た形」，此處表示「過去」。

104　腰を据える

こし　す

原字義

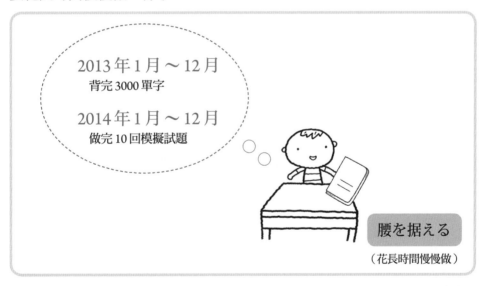

腰　　　使～坐上

腰　を　据える

引申義

要花長時間慢慢做一件事。

2013年1月～12月
背完3000單字

2014年1月～12月
做完10回模擬試題

腰を据える

（花長時間慢慢做）

活用句

こし　す　　　　　　　　　べんきょう
腰を据えて じっくり勉強 する。

要花長時間，好好地讀書。

・据えて：是「据える」（使～坐上）的「て形」，此處表示「描述狀態」。
・じっくり：好好地、仔細地、花一些時間。　　・勉強する：讀書。

105　鯖を読む
さば　　よ

原字義

青花魚　　　閲讀

鯖　を　読む

引申義

謊報比實際年齡還少的數字。在數量上打馬虎眼。

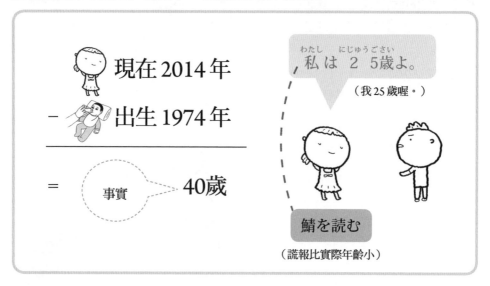

現在 2014 年

－ 出生 1974 年

＝ 事實　40歳

私 は ２５歳よ。
わたし　にじゅうごさい

（我25歳喔。）

鯖を読む

（謊報比實際年齡小）

活用句

にじゅうご　　さば　よ
２ ５? 鯖を読んでる ね。

25歲?你所講的年齡是謊報的吧。

・読んでる：是「読む」(閱讀) 的「て (い) る形」，口語時經常省略「い」，此處表示「目前狀態」。
・ね：跟對方確認的語氣。

124

106 尻尾を出す

原字義

尾巴		露出
尻尾	を	出す

引申義

露出馬腳。

ケーキ
（蛋糕）

！？

尻尾を出す

（露出馬腳）

活用句

とうとう 尻尾を出した。

終於露出馬腳了。

・とうとう：終於。　　・出した：是「出す」（露出）的「た形」，此處表示「過去」。

107　尻尾を掴む
<small>しっぽ　つか</small>

原字義

尾巴　尻尾　を　抓住　掴む

引申義

抓到別人做壞事的證據，或揭發隱瞞的實情。對方不小心露出證據，抓到他的小辮子。

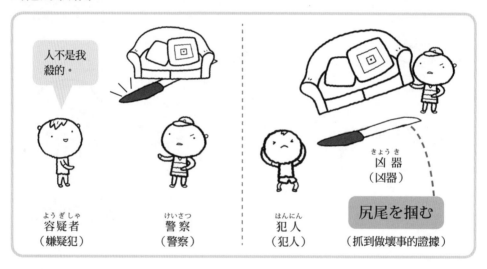

人不是我殺的。

容疑者（嫌疑犯）
<small>ようぎしゃ</small>

警察（警察）
<small>けいさつ</small>

犯人（犯人）
<small>はんにん</small>

凶器（凶器）
<small>きょうき</small>

尻尾を掴む（抓到做壞事的證據）

活用句

<small>けいさつ　　はんにん　　しっぽ　　つか</small>
警察は 犯人の尻尾を掴んだ。

警察抓到了犯人的犯罪證據。

・掴んだ：是「掴む」（抓住）的「た形」，此處表示「過去」。

108　尻尾を巻く
しっぽ　ま

原字義

尾巴　　　　捲起
尻尾　を　巻く

引申義

失敗而落荒而逃。打退堂鼓。

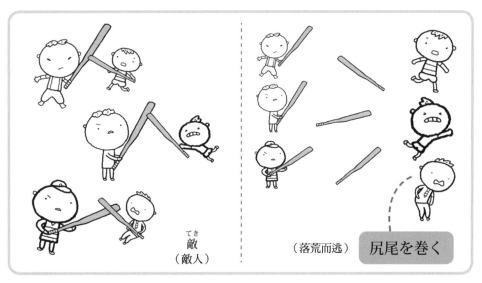

敵
（敵人）

（落荒而逃）　尻尾を巻く

活用句

てき　しっぽ　ま　に
敵は 尻尾を巻いて 逃げた。

敵人打退堂鼓，逃跑了。

・巻いて：是「巻く」（捲起）的「て形」，此處表示「描述狀態」。
・逃げた：是「逃げる」（逃跑）的「た形」，此處表示「過去」。

109　自腹を切る

<small>じ　ばら　　き</small>

原字義

自己付錢　　　　　切

自腹　を　**切る**

引申義

自掏腰包。負擔自己原本不需要支付的費用。

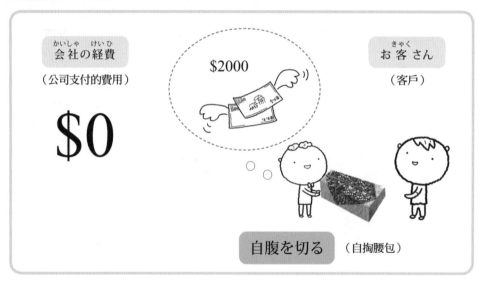

かいしゃ　けいひ
会社の経費

（公司支付的費用）

$2000

きゃく
お客さん

（客戸）

$0

自腹を切る　（自掏腰包）

活用句

<small>しんかんせんだい　　　じ　ばら　　き</small>
新幹線代は 自腹を切る。

新幹線的車資，要自掏腰包支付。

・〜代：〜的費用。

110 白を切る
しら き

原字義

不知道　　刻意做出某種動作或表情

白　を　切る

引申義

假裝不知情。佯裝不知。

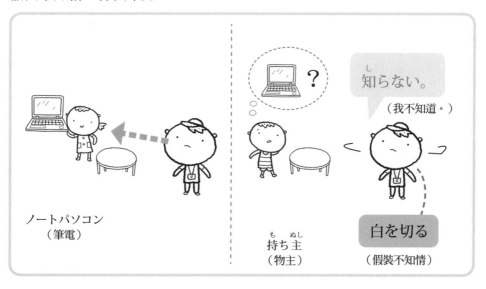

ノートパソコン
（筆電）

持ち主
も ぬし
（物主）

知らない。
し
（我不知道。）

白を切る
（假裝不知情）

活用句

この男は白を切った。
おとこ しら き

這個男人假裝不知情。

・この：這個。　　・男：男人。
・切った：是「切る」（刻意做出某種動作或表情）的「た形」，此處表示「過去」。

111　尻を拭う

原字義

屁股　　　　擦

尻　を　拭う

引申義

字面上的意思是「擦屁股」。形容別人做出不好的事，幫人善後，做出彌補。

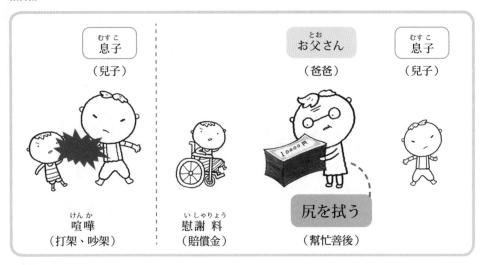

むすこ 息子 （兒子）	お父さん （爸爸）	むすこ 息子 （兒子）
けんか 喧嘩 （打架、吵架）	いしゃりょう 慰謝料 （賠償金）　　尻を拭う （幫忙善後）	

活用句

かれ　むすこ　　しり　ぬぐ
彼は 息子の 尻を拭った。

他幫兒子擦屁股善後。

・彼：他。　　・拭った：是「拭う」（擦）的「た形」，此處表示「過去」。

130

112　白い目で見る
しろ　め　み

原字義

白眼　　使用　　看

白い目　で　見る

引申義

冷眼看待。遭到白眼。冷淡對待。

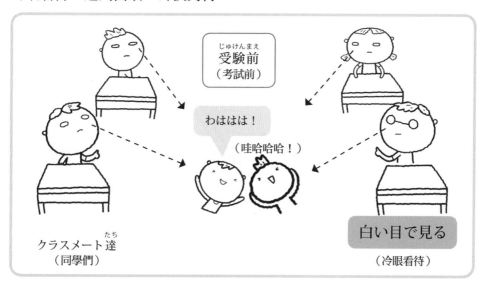

受験前
じゅけんまえ
（考試前）

わはははは！

（哇哈哈哈！）

クラスメート達
たち
（同學們）

白い目で見る

（冷眼看待）

活用句

私達を 白い目で見ている。
わたしたち　　しろ　め　み

我們遭到白眼。（別人對我們冷眼看待。）

・私達：我們。　　・見ている：是「見る」（看）的「ている形」，此處表示「目前狀態」。

113 世話をする
せわ

原字義

照顧 世話 を 做 する

引申義

照顧什麼都不會的人。

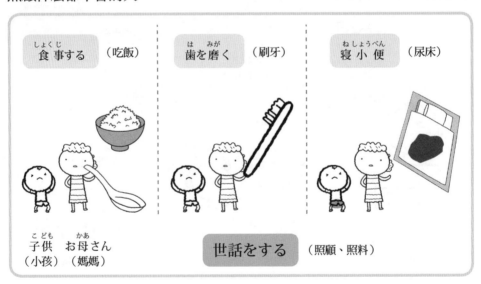

しょくじ
食事する （吃飯）

は　みが
歯を磨く （刷牙）

ねしょうべん
寝小便 （尿床）

こども　かあ
子供　お母さん
（小孩）（媽媽）

世話をする （照顧、照料）

活用句

かあ　　　　こども　せわ
お母さんは 子供の世話をする。

媽媽照顧小孩。

・某人＋の＋世話をする：照顧某人。

114 先手を打つ
せんてう

原字義

先下手　　　　　採取

先手　を　打つ

引申義

先發制人。

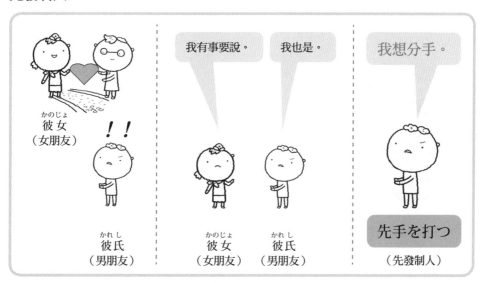

彼女
（女朋友）
かのじょ

！！

彼氏
（男朋友）
かれし

我有事要説。　我也是。

彼女　　　彼氏
（女朋友）（男朋友）
かのじょ　かれし

我想分手。

先手を打つ

（先發制人）

活用句

彼は 先手を打って 自分から振った。
かれ　せんてう　　　じぶん　ふ

他採取先發制人，自己主動提出分手了。

・彼：他。　　・打って：是「打つ」（採取）的「て形」，此處表示「描述狀態」。
・某人＋から＋振る：由某人提出分手。
・振った：是「振る」（甩、拒絕）的「た形」，此處表示「過去」。

133

115　底を突く

原字義

底部　　　碰觸

底　を　突く

引申義

把積蓄用光。存款見底了。

ちょちく
貯蓄
（存款）

底を突く

（花光積蓄）

活用句

ちょちく　　　そこ　　つ
貯蓄が 底を突いてしまった。

存款花完了。

・突いて：是「突く」（碰觸）的「て形」。
・動詞て形＋しまった：「動詞て形＋しまう」的「過去形」，此處表示「動作完成」。

116 太鼓判を捺す
<small>たい　こ　ばん　　お</small>

原字義

像太鼓一樣大的印章　蓋（印）

太鼓判	を	捺す

引申義

保證某人的實力，或保證東西的品質優良。同義語是「折り紙つき」。
<small>お　がみ</small>

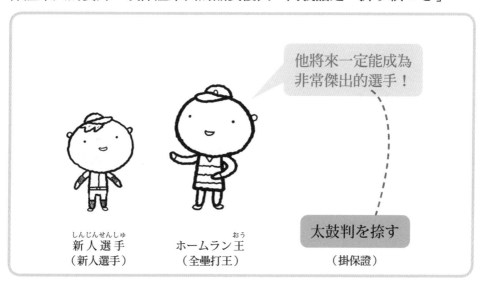

他將來一定能成為
非常傑出的選手！

<small>しんじんせんしゅ</small>
新人選手
（新人選手）

<small>おう</small>
ホームラン王
（全壘打王）

太鼓判を捺す
（掛保證）

活用句

ホームラン王も 太鼓判を捺している。
<small>おう　　　　たい　こ　ばん　　お</small>

全壘打王也掛保證。

・も：助詞，列舉某人事物也～。
・捺している：是「捺す」（蓋（印））的「ている形」，此處表示「目前狀態」。

117　高<ruby>たか</ruby>を括<ruby>くく</ruby>る

原字義

最高的數字　　　估計

高 を 括る

他頂多考
50分吧！

引申義

低估。小看。誤判為不怎麼樣的事情。

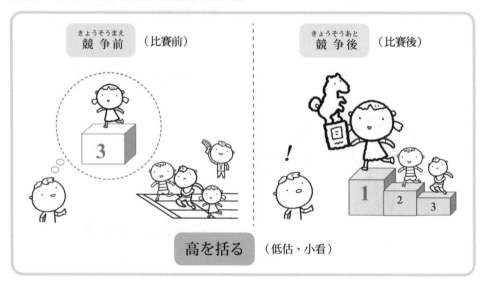

競争前<ruby>きょうそうまえ</ruby>　（比賽前）

競争後<ruby>きょうそうあと</ruby>　（比賽後）

3

1　2　3

高を括る　（低估、小看）

活用句

彼女<ruby>かのじょ</ruby>に 対して 高<ruby>たか</ruby>を括<ruby>くく</ruby>っていた。

之前小看她了。

・に：助詞，前面接「動作對象」。　・某人＋に＋対して：是「某人＋に＋対する」（對於某人）的「て形」。
・括っていた：是「括る」（估計）的「ている形（括っている）的過去形」，此處表示「過去持續到目前的行為」。

118 　棚に上げる

たな　あ

原字義

架子　　　　　舉起、提高

棚　に　上げる

引申義

明明自己也做過相同的事，卻絕口不提，假裝沒這回事，只說別人。置之不理。束之高閣。擱置。放一邊。

なぐ
殴る
（打人）

なぐ
殴られる
（被打）

他猛力打我！

怎麼會
這樣！？

棚に上げる

（自己也做了相同的事，卻絕口不提）

活用句

じぶん　　　　　　　　たな　あ
自分のことは棚に上げる。

自己的所作所為絕口不提，只會說別人。

・こと：事情。

119　種_{たね}を蒔_まく

原字義

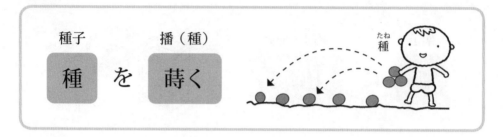

種子　　　播（種）

種 を 蒔く

種_{たね}

引申義

做出導致某件事的行為。種下發生某件事的種子。埋下發生某件事的導火線。

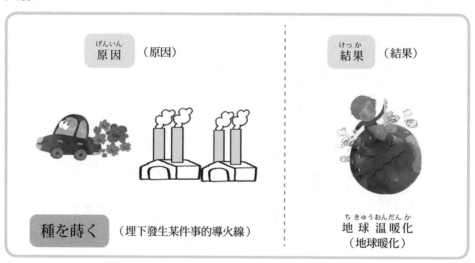

原因_{げんいん}　（原因）

結果_{けっか}　（結果）

種を蒔く　（埋下發生某件事的導火線）

地球温暖化_{ちきゅうおんだんか}
（地球暖化）

活用句

この問題_{もんだい}の種_{たね}を蒔_まいたの は 君_{きみ}だ。

埋下這個問題的導火線的，是你。

・この：這個。　　・蒔いた：是「蒔く」（播（種））的「た形」，此處表示「過去」。
・の：形式名詞，「動詞」後面接續「助詞」時，動詞＋の＋助詞。
・君：對關係親密的人稱「你」時使用，對不熟的人使用會有不禮貌的感覺。　　・だ：斷定的語氣。

120 <ruby>力<rt>ちから</rt></ruby>を<ruby>入<rt>い</rt></ruby>れる

原字義

力量　力　　放入　を　入れる

引申義

努力認真做事。努力加強。加把勁。傾注金錢、心力。

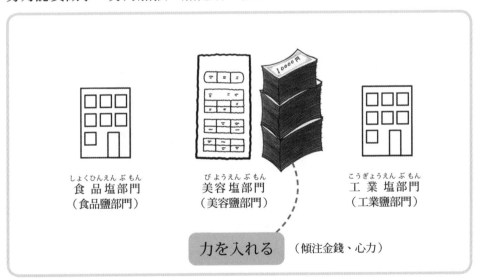

<ruby>食品塩部門<rt>しょくひんえんぶもん</rt></ruby>
（食品鹽部門）

<ruby>美容塩部門<rt>びようえんぶもん</rt></ruby>
（美容鹽部門）

<ruby>工業塩部門<rt>こうぎょうえんぶもん</rt></ruby>
（工業鹽部門）

力を入れる　（傾注金錢、心力）

活用句

あの<ruby>会社<rt>かいしゃ</rt></ruby>は、<ruby>美容塩部門<rt>びようえんぶもん</rt></ruby>に <ruby>力<rt>ちから</rt></ruby>を<ruby>入<rt>い</rt></ruby>れている。

那間公司傾注金錢在美容鹽部門。

・あの：那個。　・会社：公司。　・某事＋に＋力を入れる：傾注金錢、心力在某事。
・入れている：是「入れる」（放入）的「ている形」，此處表示「目前狀態」。

原字義

力量　借出
力 を 貸す

引申義

幫助、協助他人。對別人伸出援手。

とうさん
倒産
（破産）

ともだち
友達
（朋友）

力を貸す
（伸出援手）

活用句

力を貸してくれた友達に感謝する。
（ちから　か　ともだち　かんしゃ）

很感激伸出援手協助我的朋友。

・貸して：是「貸す」（借出）的「て形」。
・動詞て形＋くれた：「動詞て形＋くれる」（對方給予我～）的「た形」，後面接續「名詞」，用來「修飾名詞」。
・某人＋に＋感謝する：感謝某人。

140

122 唾を付ける

原字義

口水　　　　　塗抹

| 唾 | を | 付ける |

引申義

為了不讓別人得到某樣東西，先在上面做記號，變成自己的東西，據為己有。

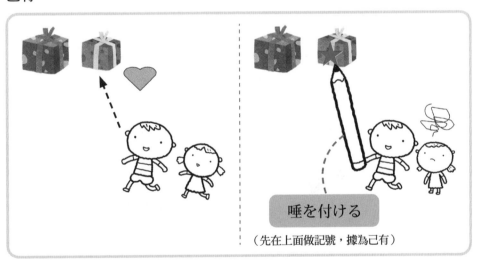

唾を付ける

（先在上面做記號，據為己有）

活用句

俺が唾を付けておいた。

我已經先在上面做了記號，那已經是我的了。

・俺：男性對平輩或晚輩自稱「我」時使用，語氣較粗魯。　・付けて：是「付ける」（塗抹）的「て形」。
・動詞て形＋おいた：「動詞て形＋おく」的「過去形」，此處表示「先做了～」。

141

123 手取り足取り
<small>て と あし と</small>

原字義

引申義

拉著某人的手或腳，仔細的親自示範指導。

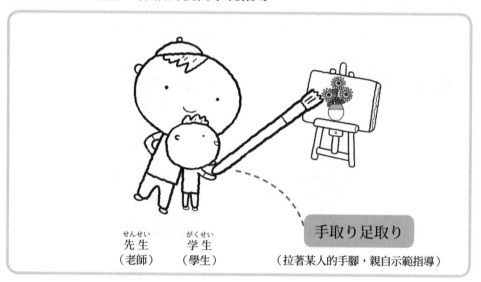

せんせい　　　　がくせい
先生　　　　　学生
（老師）　　　（學生）

手取り足取り

（拉著某人的手腳，親自示範指導）

活用句

せんせい　　て と　あし と　　　　おし
先生が 手取り足取りで 教えてくれた。

老師以拉著我的手腳親自示範的方法教導我。

・で：助詞，利用某種工具或方法。　　・教えて：是「教える」（教）的「て形」。
・動詞て形＋くれた：「動詞て形＋くれる」（對方給予我～）的「た形」，此處表示「過去」。

124　手の裏を返す
<small>て　うら　かえ</small>

原字義

手掌　　　　　翻

| 手の裏 | を | 返す |

引申義

態度突然間一百八十度大轉變，通常用在由好轉壞。翻臉不認人。

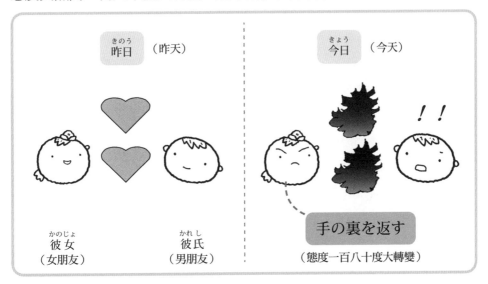

昨日<small>きのう</small>（昨天）　　　　　今日<small>きょう</small>（今天）

彼女<small>かのじょ</small>（女朋友）　　彼氏<small>かれし</small>（男朋友）

手の裏を返す

（態度一百八十度大轉變）

活用句

彼女は 手の裏を返した。
<small>かのじょ　て　うら　かえ</small>

她的態度突然一百八十度大轉變。

・返した：是「返す」（翻）的「た形」，此處表示「過去」。　　　・彼女：女朋友、她。

125　手を打つ

原字義

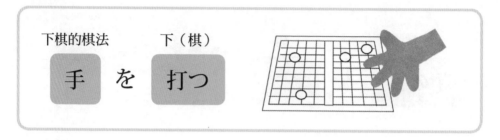

下棋的棋法　　下（棋）

手　を　打つ

引申義

為了解決問題，要盡早採取必要的對策。設法。

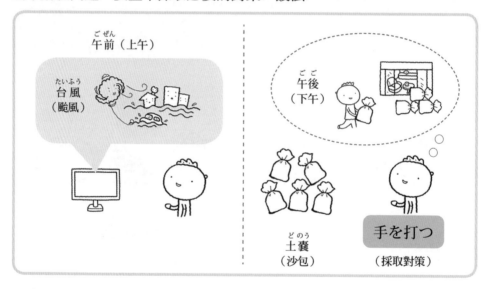

午前（上午）

台風（颱風）

午後（下午）

土嚢（沙包）

手を打つ

（採取對策）

活用句

早く手を打たない と 大変なことになる。

不快點採取對策的話，事情會變得很嚴重。

・早く：快點。　・打たない：是「打つ」（下（棋））的「ない形」，此處表示「現在否定」。
・と：助詞，如果～的話。　・大変：嚴重的（屬於な形容詞，接續名詞時，中間要有「な」）。
・こと：事情。　・名詞＋に＋なる：變成～。

126 　手を切る
<small>て　き</small>

原字義

手　を　切る

引申義

斷絕、撇清關係。分手。

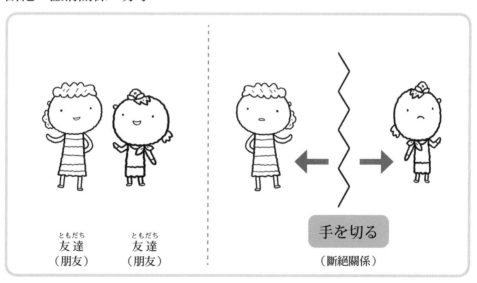

友達
（朋友）
<small>ともだち</small>

友達
（朋友）
<small>ともだち</small>

手を切る

（斷絕關係）

活用句

彼女と 手を切った。
<small>かのじょ　　て　き</small>

和她撇清關係了。

・彼女：她。　　　・と：助詞，和某位動作夥伴。
・切った：是「切る」（切）的「た形」，此處表示「過去」。
・某人＋と＋手を切った：和某人撇清關係了。

127　手を尽くす
<small>て　つ</small>

原字義

方法　　　　用盡

手　を　尽くす

引申義

想盡一切辦法。用盡所有的方法、手段。盡全力。

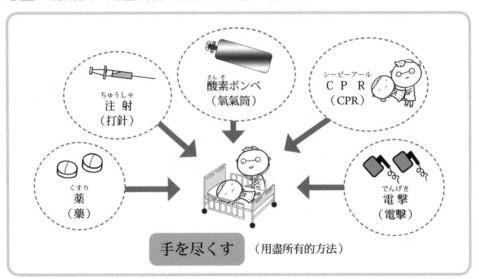

注射（打針）
酸素ボンベ（氧氣筒）
<small>さん そ</small>
CPR（CPR）
<small>シーピーアール</small>
薬（藥）
<small>くすり</small>
電撃（電撃）
<small>でんげき</small>

手を尽くす　（用盡所有的方法）

活用句

医師は できる限りの手を尽くした。
<small>い　し　　　　　かぎ　　　　　て　つ</small>

醫生盡可能的用盡了所有的方法。

・できる限り：盡可能。　　　・尽くした：是「尽くす」（用盡）的「た形」，此處表示「過去」。

128　手_てを引_ひく

原字義

手
抽回

手　を　引く

引申義

退出、停止正在進行中的事，從今以後不再做這件事。不再涉足某個領域。洗手不幹。

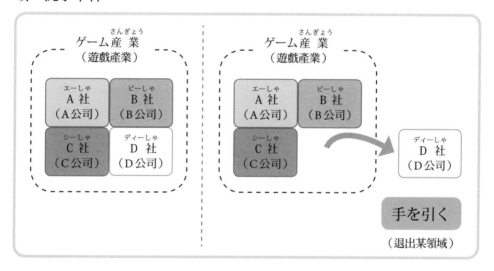

ゲーム産業_{さんぎょう}
（遊戲產業）

A社_{エーしゃ}
（A公司）
B社_{ビーしゃ}
（B公司）
C社_{シーしゃ}
（C公司）
D社_{ディーしゃ}
（D公司）

ゲーム産業_{さんぎょう}
（遊戲產業）

A社_{エーしゃ}
（A公司）
B社_{ビーしゃ}
（B公司）
C社_{シーしゃ}
（C公司）

D社_{ディーしゃ}
（D公司）

手を引く
（退出某領域）

活用句

あの国_{くに}は宇宙開発_{うちゅうかいはつ}から手_てを引_ひいた。

那個國家退出了開發外太空的領域，不再涉足。

・あの：那個。　　・国：國家。　　・〜から手を引く：從〜領域退出，不再涉足。
・引いた：是「引く」（抽回）的「た形」，此處表示「過去」。

129　長い目で見る
<small>なが　　め　　み</small>

原字義

長遠的眼光　　　　看

長い目　で　見る

<small>じゅうねんご</small>
十　年後（十年後）

引申義

以長遠來看。把眼光放遠。高瞻遠矚。

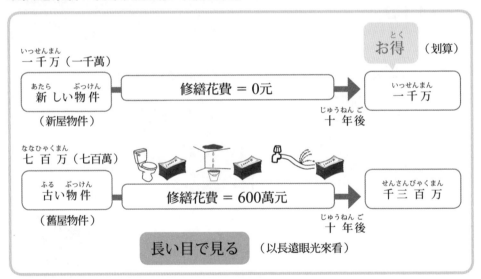

<small>とく</small>
お得　（划算）

<small>いっせんまん</small>
一千万（一千萬）

<small>あたら　　ぶっけん</small>
新しい物件
（新屋物件）

修繕花費 ＝ 0元

<small>じゅうねんご</small>
十　年後

<small>いっせんまん</small>
一千万

<small>ななひゃくまん</small>
七百万（七百萬）

<small>ふる　ぶっけん</small>
古い物件
（舊屋物件）

修繕花費 ＝ 600萬元

<small>じゅうねんご</small>
十　年後

<small>せんさんびゃくまん</small>
千三百万

長い目で見る　（以長遠眼光來看）

活用句

<small>なが　　め　　み　　　　　とく</small>
長い目で見ると お得だ。

如果以長遠來看的話，是划算的。

・と：助詞，如果～的話。　　・だ：斷定的語氣。

148

130　寝_ねた子_こを起_おこす

原字義

引申義

讓大家想起已經忘記的事。

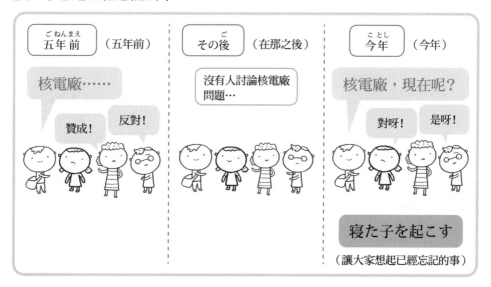

活用句

寝_ねた子_こを起_おこしちゃ だめだ。

不要讓大家想起已經忘記的事。（讓大家想起已經忘記的事是不行的。）

・起こしちゃ：是「起こす」（叫醒）的「て形（起こして）＋は」（起こしては）的「口語說法」。
・「～てはだめ」等於「～ちゃだめ」（口語說法），表示「做～不行」。　・だめ：不行、不可以。

131 　根掘り葉掘り
（ねほ　はほ）

原字義

根	挖	葉子	挖
根	掘り	葉	掘り

引申義

追根究底。

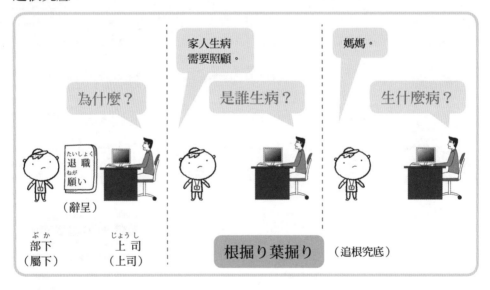

為什麼？

家人生病
需要照顧。

是誰生病？

媽媽。

生什麼病？

退職願い
（辭呈）

部下
（屬下）

上司
（上司）

根掘り葉掘り 　（追根究底）

活用句

理由を 根掘り葉掘り 聞いた。
（りゆう　ねほ　はほ　き）

追根究底詢問了理由。

・聞いた：是「聞く」（問）的「た形」，此處表示「過去」。

132　音を上げる

ね　あ

原字義

聲音　　　發出（高聲）

音　を　上げる　　　！　啊

引申義

無法承受痛苦而發出哀鳴。示弱。

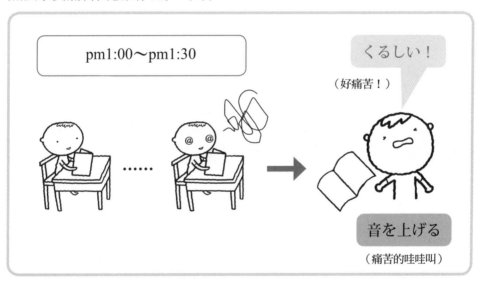

pm1:00～pm1:30

くるしい！

（好痛苦！）

音を上げる

（痛苦的哇哇叫）

活用句

さんじゅっぷんべんきょう　　　　　　　ね　あ
３０分勉強する だけで 音を上げる。

僅僅讀書30分鐘，就痛苦的哇哇叫。

・だけ：助詞，僅僅、只是。　　・で：助詞，此處表示「原因」。

133　歯止めをかける
はど

原字義

車輪斜坡止滑板　　　　架上

歯止め　を　かける

引申義

預做防範的工作，來抑止事情的發生、事態的發展。

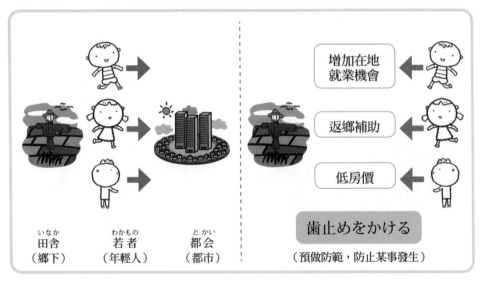

いなか　　　わかもの　　　とかい
田舍　　　　若者　　　　都会
（鄉下）　　（年輕人）　　（都市）

増加在地就業機會

返鄉補助

低房價

歯止めをかける

（預做防範，防止某事發生）

活用句

わかもの　りゅうしゅつ　はど
若者の 流 出 に 歯止めをかける。

要預做防範措施，防止年輕人的外流。

・〜＋に＋歯止めをかける：防範〜的發生。

134　鼻であしらう
<small>はな</small>

原字義

鼻子　　　　　　輕蔑
鼻　　で　　あしらう

引申義

嗤之以鼻。冷淡對待。不理。

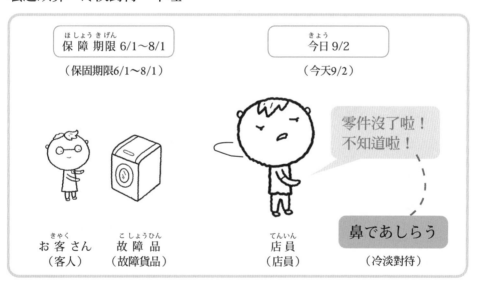

保障期限 6/1～8/1
<small>ほしょう きげん</small>
（保固期限6/1～8/1）

今日 9/2
<small>きょう</small>
（今天9/2）

零件沒了啦！
不知道啦！

お客さん
<small>きゃく</small>
（客人）

故障品
<small>こしょうひん</small>
（故障貨品）

店員
<small>てんいん</small>
（店員）

鼻であしらう
（冷淡對待）

活用句

保障期限切れを理由に 鼻であしらわれた。
<small>ほ しょう き げん ぎ　　　りゆう　　　はな</small>

以保固到期為理由，被冷淡對待。

・保障期限切れ：保固到期。　　・～を理由に：把～當成理由。
・あしらわれた：是「あしらう」（輕蔑）的「被動形（あしらわれる）的た形」，此處表示「過去被～」。

135　鼻を折る
はな　お

原字義

鼻子　　弄斷

鼻　を　折る

お
折る

引申義

信心受到打擊。挫其銳氣。受創。

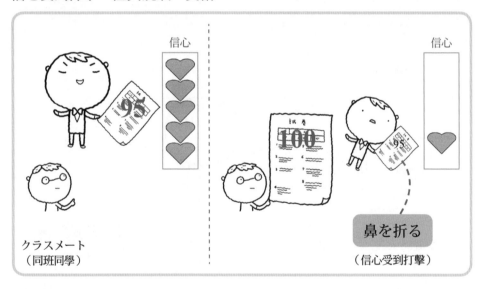

信心

95

クラスメート
（同班同學）

信心

100

95

鼻を折る
（信心受到打擊）

活用句

かれ　　　はな　お
彼の鼻を折ってやる。

要挫挫他的銳氣。

・彼：他。　　・折って：是「折る」（弄斷）的「て形」。
・動詞て形＋やる：此處表示「自己以高姿態對對方做某種行為」。

136　花を持たせる
はな　　　　も

原字義

花　　　　　　　譲～持有～

花　を　持たせる

引申義

把功勞讓給別人。讓某人增光。給人面子。

功勞

どうりょう
同　僚
（同事）

どうりょう
同　僚
（同事）

功勞

花を持たせる

（把功勞讓給別人）

活用句

どうりょう　　　はな　　　も
同　僚　に　花を持たせた。

把功勞讓給了同事。

・に：助詞，前面接「動作對象」。
・持たせた：是「持たせる」（讓～持有～）的「た形」，此處表示「過去」。
・某人＋に＋花を持たせた：把功勞讓給了某人。

137 腹を抱える

はら かか

原字義

腹部 　　　 抱住

腹 を **抱える**

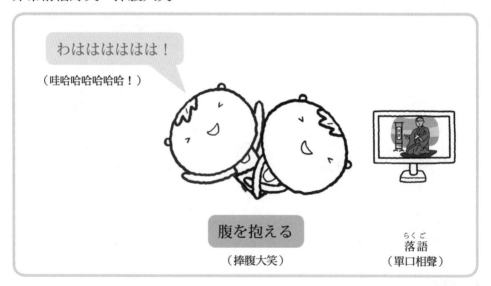

引申義

非常滑稽好笑。捧腹大笑。

わははははははは！

（哇哈哈哈哈哈哈！）

腹を抱える

（捧腹大笑）

らくご
落語
（單口相聲）

活用句

はら かか わら
腹を抱えて 笑っている。

捧腹大笑地笑著。（較自然的中譯：捧腹大笑。）

・抱えて：是「抱える」（抱住）的「て形」，此處表示「描述狀態」。
・笑っている：是「笑う」（笑）的「ている形」，此處表示「目前狀態」。

138　腫物に触るよう
はれもの　さわ

原字義

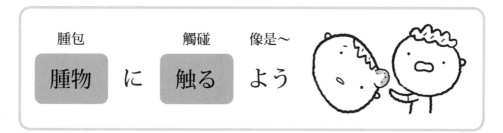

腫包　　　　　觸碰　　像是～

腫物　に　触る　よう

引申義

對於不容易取悅的人，採取小心翼翼的態度。

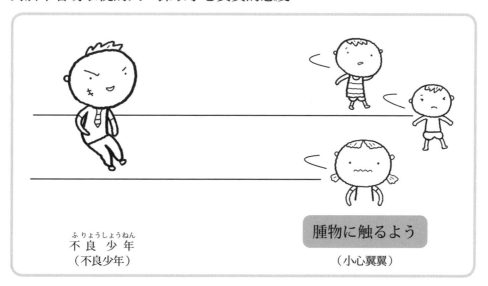

不良 少年
ふりょうしょうねん
（不良少年）

腫物に触るよう
（小心翼翼）

活用句

みんなは 腫物に触るように 扱う。
はれもの　さわ　　　　あつか

大家採取小心翼翼的態度來對應。

・みんな：大家。　　　・扱う：對應、對待。

〈說明〉「腫物に触るよう」的接續原則和「～ようだ」相同，屬於「な形容詞」的變化：
後面接續「名詞」時，「腫物に触るよう＋な＋名詞」，後面接續「動詞」時，「腫物に触るよう＋に＋動詞」

157

139 　歯を食いしばる

原字義

牙齒　歯　を　咬緊　食いしばる

引申義

疼痛時，咬緊牙根忍耐。遇到不甘心或是痛苦的事，一直忍耐。

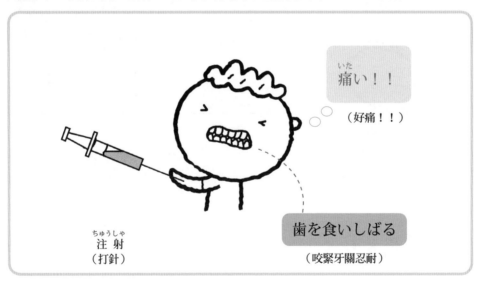

痛い！！
（好痛！！）

注射
（打針）

歯を食いしばる
（咬緊牙關忍耐）

活用句

歯を食いしばって 痛みに耐えた。

咬緊牙關忍住疼痛。

・食いしばって：是「食いしばる」（咬緊）的「て形」，此處表示「描述狀態」。　　・痛み：疼痛。
・に：助詞，表示「對於～、面對～」。　　・～に耐える：忍耐～、忍住～。
・耐えた：是「耐える」（忍耐）的「た形」，此處表示「過去」。

140 バトンを手渡_{て わた}す

原字義

棒子　　　　　　　　親手交出

バトン　を　手渡す

引申義

交棒。親手交接工作。讓給後任。

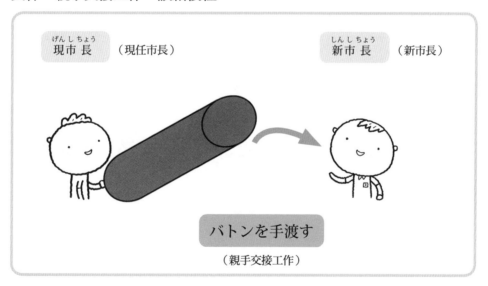

現市 長_{げん し ちょう}　（現任市長）　　　　　　　新市 長_{しん し ちょう}　（新市長）

バトンを手渡す

（親手交接工作）

活用句

新市 長_{しん し ちょう} に バトンを手渡_{て わた}した。

親手交接了工作給新市長。

・に：助詞，前面接「動作對象」。　　・某人＋に＋バトンを手渡す：交棒給某人。
・手渡した：是「手渡す」（親手交出）的「た形」，此處表示「過去」。

141 膝を崩す

原字義

膝蓋　膝　　使～崩壊　崩す

引申義

不需要跪坐，可以伸腿或盤腿，維持輕鬆的坐姿。

正座（跪坐）　　膝を崩す（維持輕鬆坐姿）

活用句

どうぞ膝を崩してください。

請放輕鬆，隨便坐。

・どうぞ：請。　・崩して：是「崩す」（使～崩壊）的「て形」。
・動詞て形＋ください：此處表示「請做～」。

142　一肌脱ぐ
ひとはだ ぬ

原字義

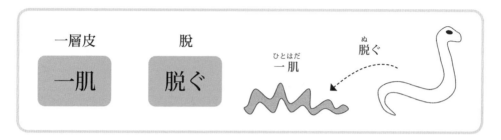

一層皮　　　　脱

一肌　　　　脱ぐ

ひとはだ
一肌

ぬ
脱ぐ

引申義

助人一臂之力。奮力相助。兩肋插刀。

しんゆう
親友
（好友）

一肌脱ぐ
（助人一臂之力）

活用句

しんゆう　　わたし　　　　ひとはだ ぬ
親友の 私 が 一肌脱ごう。

身為好友的我，助你一臂之力吧。

・脱ごう：是「脱ぐ」（脱）的「意向形」，此處表示「做～吧」。

143　ピッチを上^あげる

原字義

速度　　　　　増加
ピッチ　を　上げる

引申義

加快工作腳步。加速。加快節奏。

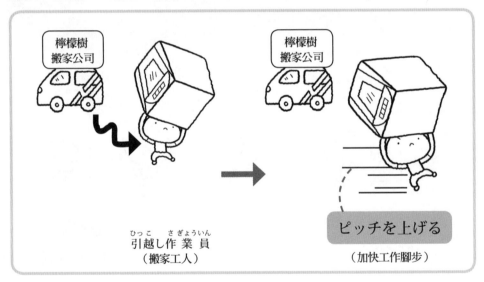

檸檬樹
搬家公司

檸檬樹
搬家公司

引越し作業員^{ひっこ　さぎょういん}
（搬家工人）

ピッチを上げる
（加快工作腳步）

活用句

仕事^{しごと}の ピッチを上^あげる。

要加快工作的腳步。

・仕事：工作。

144　不意を突く
ふ　い　つ

原字義

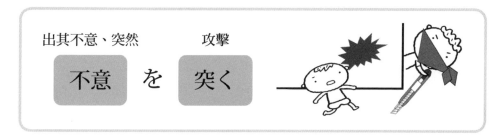

出其不意、突然　　　攻撃

不意　を　突く

引申義

趁對方不注意時，採取意想不到的行動。出其不意。

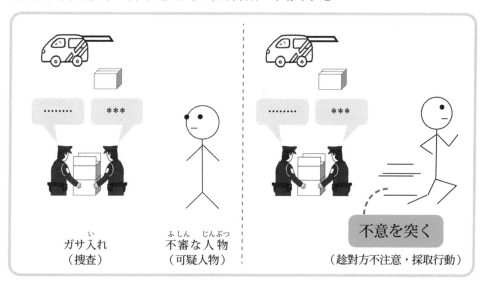

ガサ入れ
い
（捜査）

不審な人物
ふしん　じんぶつ
（可疑人物）

不意を突く

（趁對方不注意，採取行動）

活用句

警察の　不意を突いて　逃げた。
けいさつ　　ふ　い　つ　　　に

趁警察不注意逃跑了。

・突いて：是「突く」（攻撃）的「て形」，此處表示「描述狀態」。
・逃げた：是「逃げる」（逃跑）的「た形」，此處表示「過去」。

145　船を漕ぐ
ふね　こ

原字義

船　　　　　划

船 を 漕ぐ

引申義

打瞌睡。打盹兒。

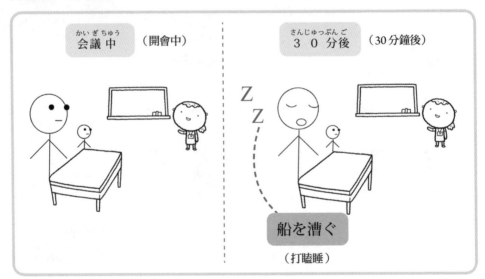

会議中（開會中）
かいぎちゅう

30分後（30分鐘後）
さんじゅっぷんご

船を漕ぐ

（打瞌睡）

活用句

彼は 船を漕いでいる。
かれ　　ふね　こ

他在打瞌睡。

・彼：他。　　・漕いでいる：是「漕ぐ」（划）的「ている形」，此處表示「目前狀態」。

146　ベストを尽くす

原字義

全力　　ベスト　を　盡力　尽くす　　必勝！（必勝！）

引申義

全力以赴。盡力而為。竭盡全力。

マラソン大会 (馬拉松大賽)　　必勝！（必勝！）

ベストを尽くす（全力以赴）

活用句

今度の試合 で ベストを尽くす。

在這次的比賽要全力以赴。

・今度：這次。　　・で：助詞，在某個領域範圍以內。

147　ぼろが出る

原字義

破爛衣服　　ぼろ　が　出る　露出來

引申義

曝露出原本隱瞞、掩蓋起來的缺點。露出破綻。顯現缺點。

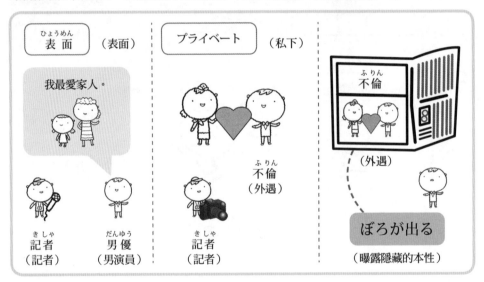

活用句

あの俳優 は ぼろが出た。

那個演員露出了隱藏的本性。

・あの：那個。　・俳優：演員。　・出た：是「出る」（露出來）的「た形」，此處表示「過去」。

148　負け犬の遠吠え

まいぬ とおぼ

原字義

鬥輸的狗　　在遠方吠叫

負け犬　の　遠吠え

汪汪！

引申義

氣勢較弱的人，在背後虛張聲勢。背地裡裝英雄。

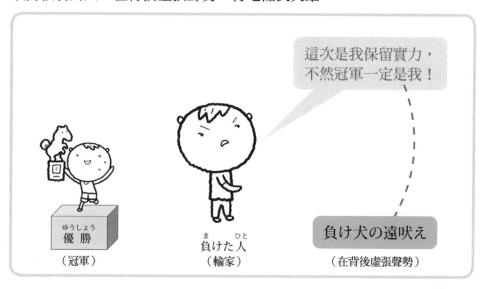

這次是我保留實力，不然冠軍一定是我！

負け犬の遠吠え
（在背後虛張聲勢）

ゆうしょう
優勝
（冠軍）

ま ひと
負けた人
（輸家）

活用句

なに い　　　　　　　ま いぬ とおぼ
何を言っても 負け犬の遠吠えだ。

不管你說什麼，都是虛張聲勢。

・何：什麼。　・言って：是「言う」（說）的「て形」。　・動詞て形＋も：此處表示「即使做～」。
・だ：斷定的語氣。

167

149　丸<small>まる</small>く収<small>おさ</small>める

原字義

引申義

（1）事情圓滿解決，各方都滿意，皆大歡喜。
（2）為了避免爭執，採取不計較的態度解決事情。

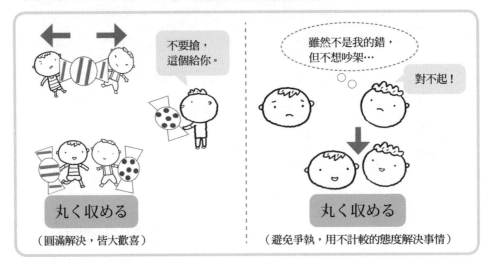

活用句

（1）彼<small>かれ</small>が 丸<small>まる</small>く収<small>おさ</small>めた。

他把事情圓滿解決了。

　・彼：他。　　・収めた：是「収める」（結束）的「た形」，此處表示「過去」。

（2）私<small>わたし</small>が 謝<small>あやま</small>って、丸<small>まる</small>く収<small>おさ</small>めた。

為了避免爭執，我用道歉的方式，不太計較地把事情解決了。

　・謝って：是「謝る」（道歉）的「て形」，此處表示「方法、手段」。

150　御輿を担ぐ
<small>み こ し　　かつ</small>

原字義

神轎　　　　　扛

御輿　を　担ぐ

引申義

拱、捧他人。給人戴高帽。

山田

山田最適合
當會長！

山田能力強，
又熱心！

山田經驗豐富，
做事面面俱到！

御輿を担ぐ

（捧他人、戴高帽）

活用句

御輿を担いで 彼を会長 にならせた。
<small>み こ し　かつ　　　　かれ　かいちょう</small>

捧他出來，使他成為了會長。

・担いで：是「担ぐ」（扛）的「て形」，此處表示「方法、手段」。　　・彼：他。
・に：助詞，前面接「變化結果」。　　・（某人）を～に＋ならせた：使某人成為了～。
・ならせた：是「なる」（成為）的「使役形（ならせる）的た形」，此處表示「使成為～了」。

169

151 水<ruby>みず</ruby>に流<ruby>なが</ruby>す

原字義

引申義

過去的事讓它過去。付諸流水。既往不咎。

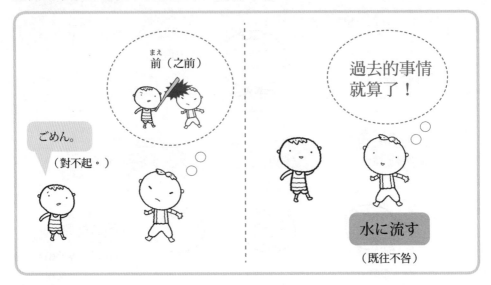

活用句

過<ruby>す</ruby>ぎたこと は 水<ruby>みず</ruby>に流<ruby>なが</ruby>そう。

已經過去的事情，就讓它過去吧。

・過ぎた：是「過ぎる」（過去）的「た形」，後面接續「名詞」，用來「修飾名詞」。
・こと：事情。　　・流そう：是「流す」（流走）的「意向形」，此處表示「做～吧」。

152 道草を食う
<ruby>道草<rt>みちくさ</rt></ruby>を<ruby>食<rt>く</rt></ruby>う

原字義

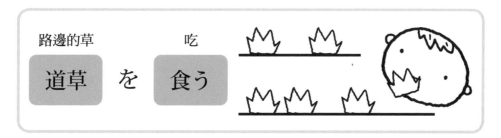

路邊的草		吃
道草	を	食う

引申義

在前往目的地途中，因為做其他事情而耽擱了。

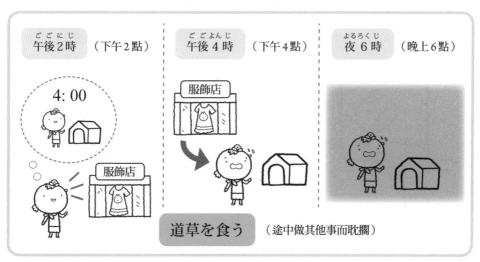

<ruby>午後<rt>ごご</rt></ruby><ruby>2時<rt>にじ</rt></ruby> （下午2點）	<ruby>午後<rt>ごご</rt></ruby><ruby>4時<rt>よんじ</rt></ruby> （下午4點）	<ruby>夜<rt>よる</rt></ruby><ruby>6時<rt>ろくじ</rt></ruby> （晚上6點）

4:00
服飾店

服飾店

道草を食う　（途中做其他事而耽擱）

活用句

どこで <ruby>道草<rt>みちくさ</rt></ruby>を<ruby>食<rt>く</rt></ruby>っていた の？

你在哪裡鬼混到現在啊？

・どこ：哪裡。　　・で：助詞，表示「地點」。　　・の？：抱持強烈興趣而提出疑問的語氣。
・食っていた：是「食う」（吃）的「ている形（食っている）的た形」，此處表示「過去持續到目前的
　行為」。

171

153 耳に挟む

原字義

耳朵　　　　夾

耳 に **挟む**

引申義

略微聽到一些。

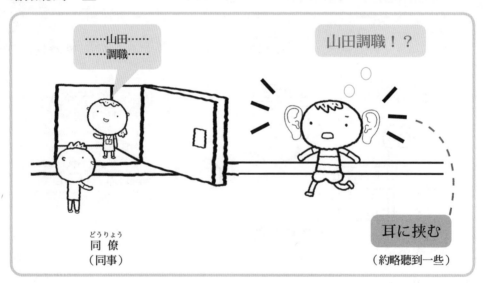

……山田……
……調職……

山田調職！？

どうりょう
同 僚
（同事）

耳に挟む

（約略聽到一些）

活用句

話を 耳に挟んだ。

稍微聽到了一些傳言。

・話：傳言。　　・挟んだ：是「挟む」（夾）的「た形」，此處表示「過去」。

154　耳を傾ける
（みみ　かたむ）

原字義

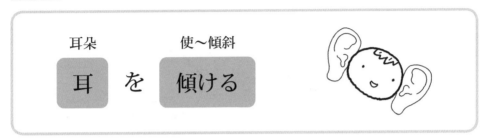

耳朵　　　　使～傾斜

耳　を　傾ける

引申義

（1）十分專注的聆聽。
（2）傾聽。

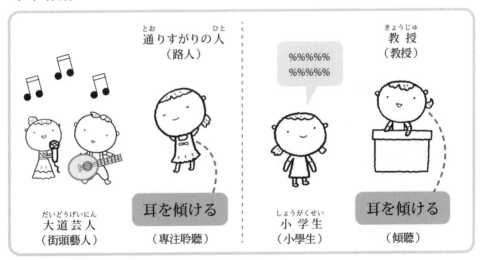

通りすがりの人（とお　ひと）
（路人）

教授（きょうじゅ）
（教授）

%%%%%
%%%%%

大道芸人（だいどうげいにん）
（街頭藝人）

耳を傾ける
（專注聆聽）

小学生（しょうがくせい）
（小學生）

耳を傾ける
（傾聽）

活用句

（1）彼らの音楽に耳を傾けていた。
（かれ　おんがく　みみ　かたむ）

十分專注的聆聽著他們的音樂。

・彼ら：他們。　・～＋に＋耳を傾ける：專注聆聽～。
・傾けていた：是「傾ける」（使～傾斜）的「ている形的過去形」，此處表示「過去持續到目前的行為」。

（2）あの教授は小学生の意見にも耳を傾ける。
（きょうじゅ　しょうがくせい　いけん　みみ　かたむ）

那位教授連小學生的意見也會傾聽。

・あの：那個。　・～＋に＋耳を傾ける：傾聽～。　・も：助詞，列舉某人事物也～。

173

155 耳を澄ます

原字義

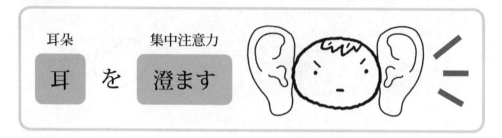

耳朵　　　集中注意力

耳　を　澄ます

引申義

集中注意力專心聽些微的聲音。側耳靜聽。

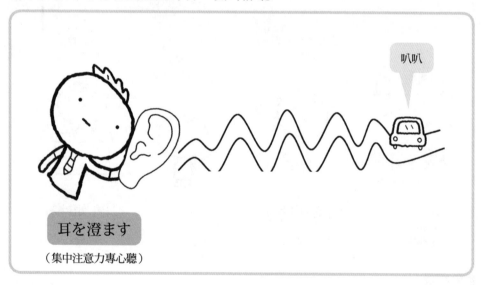

叭叭

耳を澄ます

（集中注意力專心聽）

活用句

耳を澄ませば、聞こえる。

如果集中注意力專心聽的話，就聽得到。

・澄ませば：是「澄ます」（集中注意力）的「ば形」（假定形），此處表示「如果做～的話」。

156　耳を塞ぐ
みみ　ふさ

原字義

耳朵　　　堵塞

耳　を　塞ぐ

引申義

刻意不聽。充耳不聞。塞住耳朵，假裝沒聽見。堵住耳朵，不想聽。

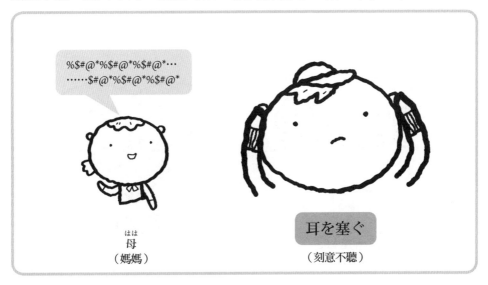

%$#@*%$#@*%$#@*……
……$#@*%$#@*%$#@*

母
はは
（媽媽）

耳を塞ぐ
（刻意不聽）

活用句

大統領 は 国民の批判に耳を塞いでいる。
だいとうりょう　こくみん　ひ はん　みみ　ふさ

總統對於人民的批判聲浪刻意不聽、充耳不聞。

・大統領：總統。　　・〜+に+耳を塞ぐ：對〜刻意不聽、對〜充耳不聞。
・塞いでいる：是「塞ぐ」（堵塞）的「ている形」，此處表示「目前狀態」。

157　胸に刻む

原字義

胸　　　雕刻

胸　に　刻む

精忠
報國

引申義

銘記在心。牢記。同義語是「肝に銘ずる」。

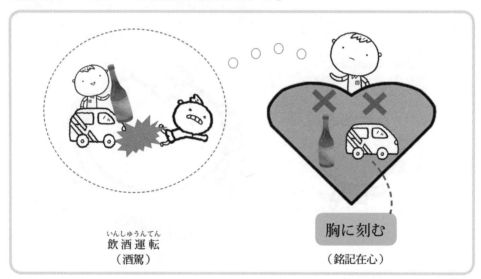

飲酒運転
（酒駕）

胸に刻む

（銘記在心）

活用句

この過ちを胸に刻む。

會把這個過錯銘記在心。

・この：這個。　　・過ち：過錯。　　・を：助詞，表示「動作作用對象」。

158 胸に手を置く
<ruby>胸<rt>むね</rt></ruby> <ruby>手<rt>て</rt></ruby> <ruby>置<rt>お</rt></ruby>

原字義

胸　　　　　手　　　　　放置

胸　に　手　を　置く

引申義

自己摸著良心想想看。捫心自問。仔細思量。

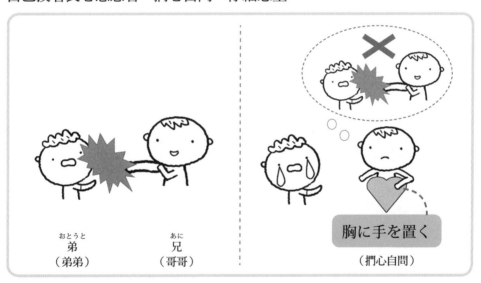

<ruby>弟<rt>おとうと</rt></ruby>
（弟弟）

<ruby>兄<rt>あに</rt></ruby>
（哥哥）

胸に手を置く

（捫心自問）

活用句

<ruby>胸<rt>むね</rt></ruby>に<ruby>手<rt>て</rt></ruby>を<ruby>置<rt>お</rt></ruby>いて よく <ruby>考<rt>かんが</rt></ruby>えてください。

請捫心自問好好地想一想。

・置いて：是「置く」（放置）的「て形」，此處表示「描述狀態」。　　・よく：好好地。
・考えて：是「考える」（想）的「て形」。　　・動詞て形＋ください：此處表示「請做～」。

177

159　目が覚める
<small>め　　　さ</small>

原字義

眼睛　　　　醒過來

目　が　　覚める

引申義

醒來。覺醒。覺悟。

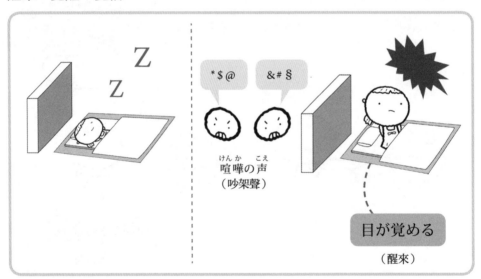

喧嘩の声
<small>けんか　　こえ</small>
（吵架聲）

目が覚める
（醒來）

活用句

隣 のうちの喧嘩の声 で 目が覚めた。
<small>となり　　　　　けんか　こえ　　　　め　さ</small>

因為隔壁的吵架聲而醒來了。

・隣：鄰居。　　・うち：房子裡。　　・で：助詞，因為～。
・覚めた：是「覚める」（醒過來）的「た形」，此處表示「過去」。

160　目<ruby>め</ruby>くじらを立<ruby>た</ruby>てる

原字義

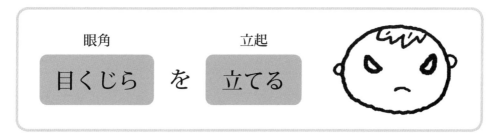

引申義

挑一些瑣碎的小事來罵人。吹毛求疵。找碴。對無聊的小事生氣。常用「～に目くじらを立てる」（對～無聊的小事生氣）這樣的文型。

活用句

課長<ruby>か ちょう</ruby>は細<ruby>こま</ruby>かいミスに目<ruby>め</ruby>くじらを立<ruby>た</ruby>てる。

課長會挑一些芝麻綠豆的小錯來罵人。

・細かい：細微的。　　・ミス：錯誤。　　・に：助詞，表示「對於～、面對～」。
・～に目くじらを立てる：對～無聊的小事生氣。

161 目^めに留^とまる

原字義

視覺　　　殘留

目　に　留まる

引申義

眼睛四處飄來飄去、東看西看，眼光剛好停留在某個顯眼的東西上。沒有用眼睛尋找的意思。

隨便找家店坐吧。

目に留まる

（剛好看到）

活用句

マクドナルドの看板^{かんばん} が 目^めに留^とまった。

剛好看到了**麥當勞的招牌**。

・留まった：是「留まる」（殘留）的「た形」，此處表示「過去」。

162 目の色を変える
（め いろ か）

原字義

眼晴 顔色 改變

目 の 色 を 変える

引申義

改變原本的態度，變得很認真、很有興趣。不一定是變好，也可以是變得很生氣，但較少這樣使用。

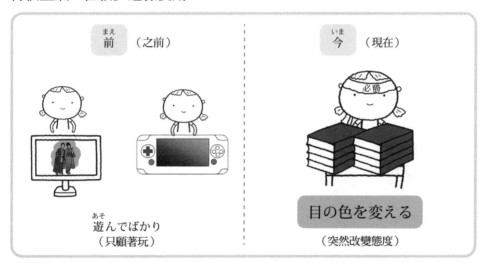

前（之前）（まえ）

今（現在）（いま）

遊んでばかり（あそ）
（只顧著玩）

目の色を変える
（突然改變態度）

活用句

目の色を変えて 受験勉強 を始めた。
（め いろ か）（じゅけんべんきょう）（はじ）

突然改變態度，開始用功讀書準備考試。

・変えて：是「変える」（改變）的「て形」，此處表示「描述狀態」。
・始めた：是「始める」（開始）的「た形」，此處表示「過去」。

163 目の敵にする

原字義

看到就覺得可惡的東西　當作

目の敵　に　する

かたき
敵！（敵人！）

引申義

將～視為既礙眼又可恨的東西。將～視為眼中釘。

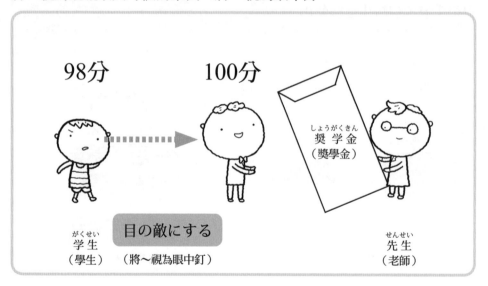

98分　　100分

しょうがくきん
奨 学 金
（獎學金）

がくせい
学 生
（學生）

目の敵にする
（將～視為眼中釘）

せんせい
先 生
（老師）

活用句

かれ　め　かたき
彼を目の敵にしている。

把他視為眼中釘。

・彼：他。　　・している：是「する」（當作）的「ている形」，此處表示「目前狀態」。
・某人＋を＋目の敵にする：把某人視為眼中釘。

182

164　目もくれない

原字義

視線　　　　　不給予
目　も　くれない

引申義

一點都不感興趣。連看都不看。不屑一顧。不理不睬。不理會。無視。

長相不到標準。

長相不到標準。

目もくれない

ラブレター
（情書）

（不屑一顧）

活用句

標準以下のレベルの女の子には目もくれない。

對於標準以下水準的女生，不屑一顧。

・標準以下：未達標準、標準以下。　・レベル：水準、程度。　・女の子：女生。
・に：助詞，表示「對於～、面對～」。　・～には目もくれない：對～不屑一顧。

183

165　目を晦ます

<ruby>目<rt>め</rt></ruby>を<ruby>晦<rt>くら</rt></ruby>ます

原字義

眼睛　　　矇蔽

目　を　晦ます

引申義

騙過他人的眼睛。使人看不見。打馬虎眼。

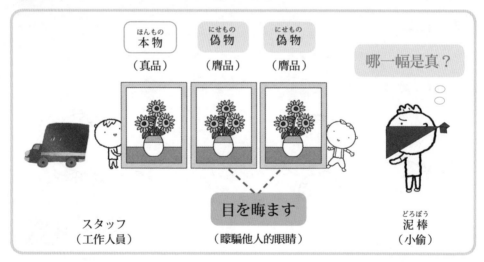

本物（ほんもの）（真品）　偽物（にせもの）（贋品）　偽物（にせもの）（贋品）　哪一幅是真？

スタッフ（工作人員）　　目を晦ます（矇騙他人的眼睛）　　泥棒（どろぼう）（小偷）

活用句

<ruby>敵<rt>てき</rt></ruby>の<ruby>目<rt>め</rt></ruby>を<ruby>晦<rt>くら</rt></ruby>ます。

矇騙敵人的眼睛。

・敵：敵人。

166 目を凝らす
<small>め こ</small>

原字義

引申義

很專心、眼睛盯著看。凝視。

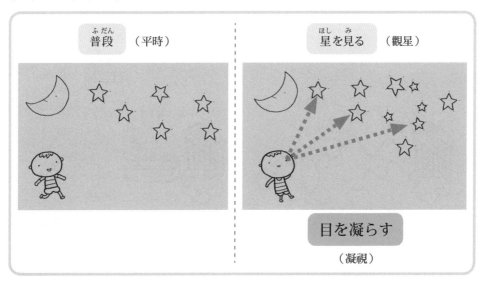

活用句

目を凝らして 見る。
<small>め こ み</small>

專心盯著看。

・凝らして：是「凝らす」（聚集）的「て形」，此處表示「描述狀態」。　　・見る：看。

167 目を付ける

めつ

原字義

眼睛　　　　附著上

目 を **付ける**

引申義

特別注意到。對～有興趣。察覺到。著眼。注目。

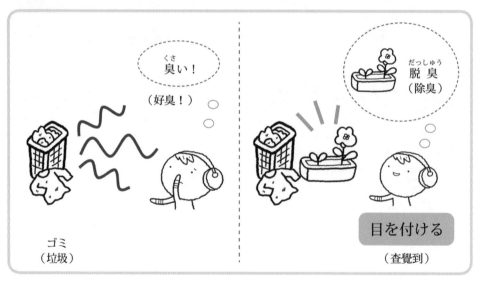

くさ
臭い！
（好臭！）

ゴミ
（垃圾）

だっしゅう
脱 臭
（除臭）

目を付ける

（查覺到）

活用句

しょくぶつ　　だっしゅうさよう　　　め　つ
この 植 物の脱 臭 作用 に 目を付けた。

察覺到這株植物的除臭作用。

・この：這個。　　・に：助詞，表示「對於～、面對～」。
・付けた：是「付ける」（附著上）的「た形」，此處表示「過去」。　　・～に目を付けた：察覺到～。

目をつぶる

原字義

眼睛　閉起來

目 を つぶる

引申義

看到別人的缺點或過失，不加以譴責，就當作沒看到。睜一隻眼閉一隻眼。

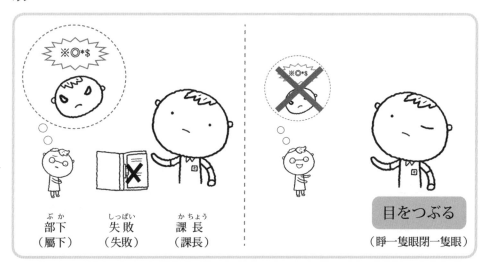

部下　失敗　課長
（屬下）（失敗）（課長）

目をつぶる
（睜一隻眼閉一隻眼）

活用句

課長は失敗に目をつぶってくれる。

課長對於（我的）過失睜一隻眼閉一隻眼。

・に：助詞，表示「對於～、面對～」。　・つぶって：是「つぶる」（閉起來）的「て形」。
・動詞て形＋くれる：此處表示「對方給予我～」。
・～に目をつぶってくれる：對方對於～睜一隻眼閉一隻眼。

187

169 芽を摘む
<small>め つ</small>

原字義

芽 摘下

芽 を 摘む

引申義

抑止將來發展及成長的可能性。扼殺在搖籃裡。

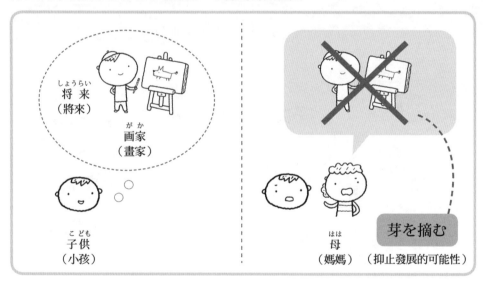

しょうらい
将来
（將來）

がか
画家
（畫家）

こども
子供
（小孩）

はは
母
（媽媽） （抑止發展的可能性）

芽を摘む

活用句

<small>こども め つ</small>
子供の芽を摘んではいけない。

不可以扼殺小孩子的未來發展的可能性。

・摘んで：是「摘む」（摘下）的「て形」。 ・動詞て形＋は＋いけない：不可以做～。

170 目を通す
め　　とお

原字義

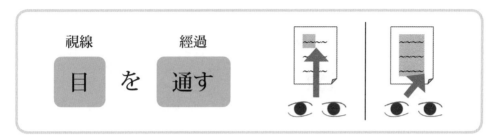

視線　目　を　通す　經過

引申義

瀏覽、從頭到尾看過一遍。沒有仔細看，但也不是隨便看看，每個字都有看到，但是不會停下來想其中的涵義。

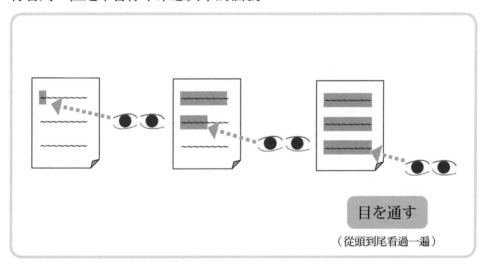

目を通す

（從頭到尾看過一遍）

活用句

この書類に目を通す。
しょるい　　め　とお

這份資料要從頭到尾看過一遍。

・この：這個。　　・書類：資料。　　・〜に目を通す：從頭到尾看過一遍〜。

171 目を盗む
めぬす

原字義

視線　　不讓別人發現、瞞著、矇混

| 目 | を | 盗む |

引申義

不讓別人發現，暗地裡偷偷摸摸的做某些事。避人耳目。偷偷。悄悄。

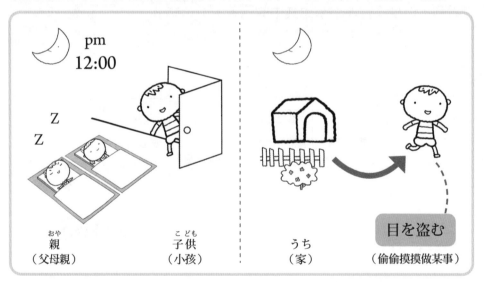

pm 12:00

Z Z

親（おや）（父母親）　　子供（こども）（小孩）　　うち（家）　　目を盗む（偷偷摸摸做某事）

活用句

親（おや）の目（め）を盗（ぬす）んで うちを抜（ぬ）け出（だ）した。

避開父母親的耳目，偷偷溜出家門了。

・盗んで：「盗む」（不讓別人發現、瞞著、矇混）的「て形」，此處表示「做～之後」。
・抜け出した：是「抜け出す」（偷溜）的「た形」，此處表示「過去」。

172 目を離す
め はな

原字義

視線　離開

目 を 離す

引申義

視線離開本來正在注意的地方。視線離開一下。稍微沒注意到。放鬆注意。

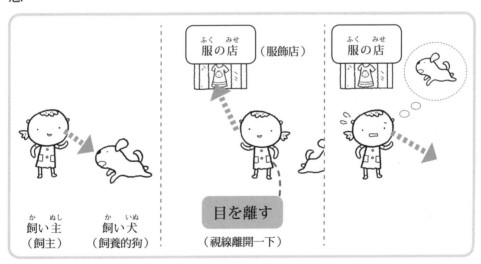

服の店（服飾店）
ふく みせ

服の店
ふく みせ

目を離す

飼い主
か ぬし
（飼主）

飼い犬
か いぬ
（飼養的狗）

（視線離開一下）

活用句

目を離した隙に飼い犬がいなくなった。
め はな すき か いぬ

在視線稍微離開一下的空檔，所養的狗就不見了。

・離した：是「離す」（離開）的「た形」，後面接續「名詞」，用來「修飾名詞」。　・隙：空檔。
・～隙に：在～空檔。　・有生命物＋が＋いなくなった：有生命物變成不見了。
・いなくなった：是「いなくなる」（有生命物變成不見）的「た形」，此處表示「過去」。

173 　門を叩く

もん　たた

原字義

門　敲

門 を 叩く

叩

叩

引申義

拜訪名師，請求收為徒弟。拜師學藝。

真鍋道場
まなべどうじょう

弟子
でし
（弟子）

有名な先生
ゆうめい　せんせい
（名師）

門を叩く
もん　たた
（拜師學藝）

活用句

有名な真鍋道場 の 門を叩いた。
ゆうめい　まなべどうじょう　　もん　たた

向有名的真鍋道場拜師學藝。

・有名：有名的（屬於な形容詞，接續名詞時，中間要有「な」）。
・叩いた：是「叩く」（敲）的「た形」，此處表示「過去」。

174　山を張る

原字義

礦山　賭

山　を　張る

那一座山有礦吧。

引申義

先預測結果並做準備。碰運氣。押寶。賭一賭。同義語是「山を掛ける」。

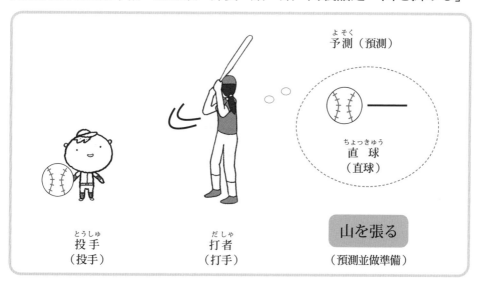

予測（預測）

直球（直球）

投手（投手）

打者（打手）

山を張る（預測並做準備）

活用句

第一球は直球だと山を張る。

預測第一球是直球。

・と：助詞，前面接「所猜測的內容」。　　・だ：斷定的語氣。

175　指<ruby>ゆび</ruby>をくわえる

原字義

手指　　　嘴巴含住

指　を　くわえる

引申義

自己不行動，光在一旁羨慕，空虛的旁觀。

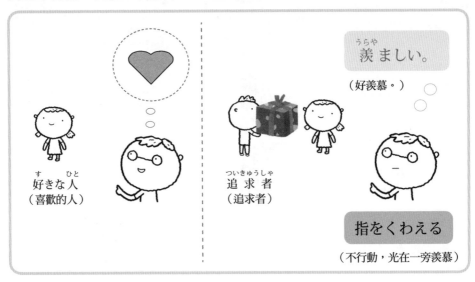

羨<ruby>うらや</ruby>ましい。

（好羨慕。）

好<ruby>す</ruby>きな人<ruby>ひと</ruby>
（喜歡的人）

追<ruby>ついきゅうしゃ</ruby>求者
（追求者）

指をくわえる

（不行動，光在一旁羨慕）

活用句

指<ruby>ゆび</ruby>をくわえて 見<ruby>み</ruby>ているだけだ。

光在一旁羨慕卻沒有任何行動，只是看著而已。

・くわえて：是「くわえる」（嘴巴含住）的「て形」，此處表示「描述狀態」。
・見ている：是「見る」（看）的「ている形」，此處表示「目前狀態」。
・だけ：助詞，僅僅、只是。　・だ：斷定的語氣。

176　レッテルを貼(は)る

原字義

（化學實驗室用的）標籤　　貼上

レッテル　を　貼る

硫酸

引申義

貼標籤。單方面對某人主觀做出評價。

ふりょうしょうじょ
不良少女。

（不良少女。）

レッテルを貼る

（貼標籤）

活用句

かのじょ　　　ふりょうしょうじょ　　　　　　　　　は
彼女は不良少女のレッテルを貼られている。

她被貼上不良少女的標籤。

・彼女：她。
・貼られている：是「貼る」（貼上）的「被動形（貼られる）的ている形」，此處表示「目前被～的狀態」。

195

177 顎で使う
あご つか

原字義

下巴　　　使用

顎　で　使う

引申義

頤指氣使。用高傲的態度、不好的口氣叫別人做事。

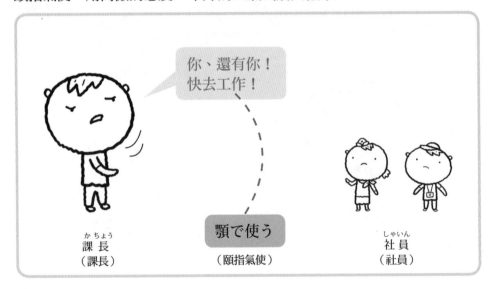

你、還有你！
快去工作！

課長
（課長）

顎で使う
（頤指氣使）

社員
（社員）

活用句

課長 は いつも 人を顎で使う ので みんなに嫌われている。
か ちょう　　　　　　ひと あご つか　　　　　　　　　きら

因為課長總是對人頤指氣使，所以被大家討厭著。

・いつも：總是。・ので：助詞，因為～所以～。・みんな：大家。・に：助詞，前面接「動作對象」。
・嫌われている：是「嫌う」（討厭）的「被動形（嫌われる）的ている形」，此處表示「目前被～的狀態」。
・某人＋に＋嫌われている：被某人討厭著。

178　足を引っ張る
あし　ひ　ぱ

原字義

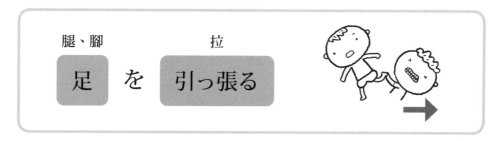

腿、腳　　　　拉

足　を　引っ張る

引申義

未必是做了什麼壞事，但個人言行卻對群體造成影響，或造成傷害。意思接近害群之馬、扯後腿。例如：團隊裡每個人都士氣高昂，只有某個人說洩氣話；或是某個人向別隊洩漏自己團隊的機密…等等。

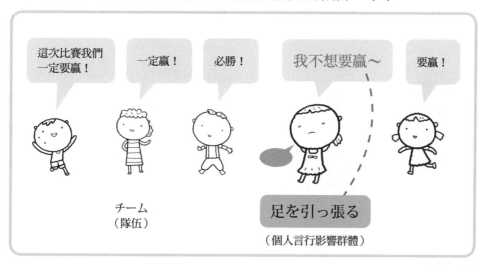

這次比賽我們一定要贏！　一定贏！　必勝！　我不想要贏～　要贏！

チーム
（隊伍）

足を引っ張る

（個人言行影響群體）

活用句

かのじょ
彼女は このチームの足を引っ張っている。
　　　　　　　　　　　　　あし　ひ　ぱ

她常常是這個團隊的害群之馬。

・彼女：她。　　・この：這個。
・引っ張っている：是「引っ張る」（拉）的「ている形」，此處表示「經常性的行為」。

179 油を売る
_{あぶら} _う

原字義

油 賣

油 を 売る

引申義

上班時間偷懶、不工作，聊天、混時間。

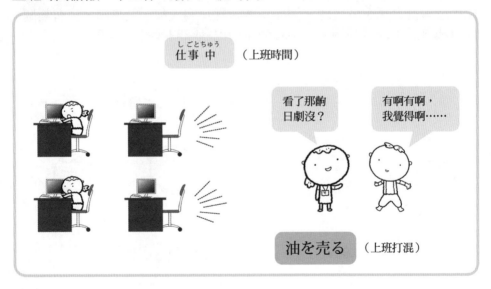

仕事 中 （上班時間）
_{しごとちゅう}

看了那齣日劇沒？

有啊有啊，我覺得啊……

油を売る （上班打混）

活用句

どこで 油を売っていた の？
_{あぶら} _う

你在哪裡鬼混到現在啊？

・どこ：哪裡。　・で：助詞，表示「地點」。
・売っていた：是「売る」（賣）的「ている形（売っている）的た形」，此處表示「過去持續到目前的行為」。
・の？：抱持強烈興趣而提出疑問的語氣。

180 一杯食わす
いっぱい く

原字義

盡可能的　使受害

一杯　　食わす

引申義

巧妙的騙過對方，使對方遭受損失。上當。

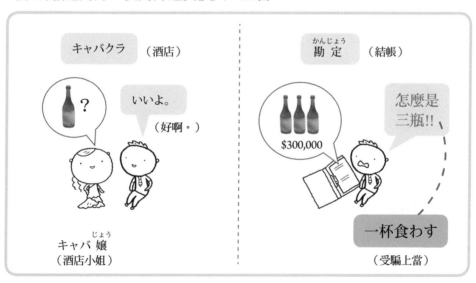

キャバクラ　（酒店）

いいよ。
（好啊。）

？

キャバ 嬢
じょう
（酒店小姐）

勘 定　（結帳）
かんじょう

怎麼是
三瓶!!

$300,000

一杯食わす

（受騙上當）

活用句

一杯食わされた よ。
いっぱい く

被騙上當了啊！

・食わされた：是「食わす」（使受害）的「被動形（食わされる）的た形」，此處表示「過去被～」。
・よ：強調自己的主張的語氣。

181 現を抜かす

原字義

現實生活　　　使～失去

現　を　抜かす

引申義

過度熱衷、沈迷於某件事情。神魂顛倒。搞不清楚是現實還是夢幻的狀態。通常用於形容迷戀異性。

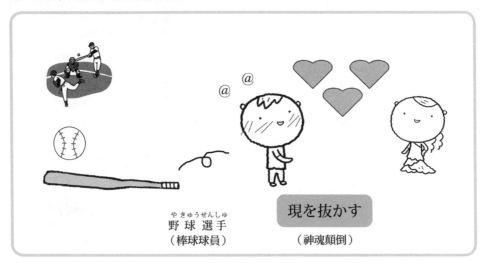

野球選手
（棒球球員）

現を抜かす
（神魂顛倒）

活用句

あの選手は 女に 現を抜かしている。

那位選手為女人神魂顛倒。

・あの：那個。　　・に：助詞，前面接「動作對象」。
・抜かしている：是「抜かす」（使～失去）的「ている形」，此處表示「目前狀態」。

182　うまい汁を吸う

原字義

美味的	汁液		吸
うまい	汁	を	吸う

引申義

利用自己的特權，毫不費力的得到許多好處。佔便宜。揩油。

役得（特權）

役人（官員）

うまい汁を吸う
（利用特權得到好處）

活用句

役人が うまい汁を吸っている。

官員利用特權得到許多好處。

・吸っている：是「吸う」（吸）的「ている形」，此處表示「目前狀態」。

183 　大^{おお}きな顔^{かお}をする

（header上に）おお　かお

原字義

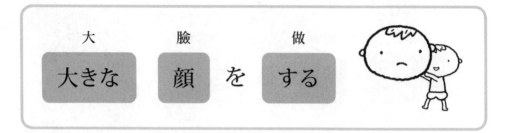

大　　臉　　做

| 大きな | 顔 | を | する |

引申義

裝出一副很了不起的樣子。擺架子。耍大牌。也可以說「大きい顔をする」，意思一樣。

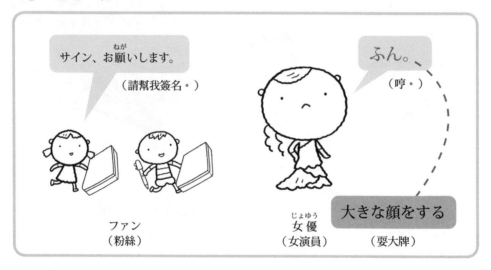

サイン、お願^{ねが}いします。
（請幫我簽名。）

ふん。
（哼。）

ファン
（粉絲）

女優^{じょゆう}
（女演員）

大きな顔をする
（耍大牌）

活用句

大^{おお}きな顔^{かお}をしている 政治家^{せいじか}が たくさんいる。

要大牌的政治家有很多位。

・している：是「する」（做）的「ている形」，此處表示「目前狀態」。　・たくさん：很多。
・いる：有（生命物的存在）。

202

184 恩を仇で返す

原字義

恩情　　　　仇恨　　　回報、歸還

恩 を 仇 で 返す

引申義

恩將仇報。

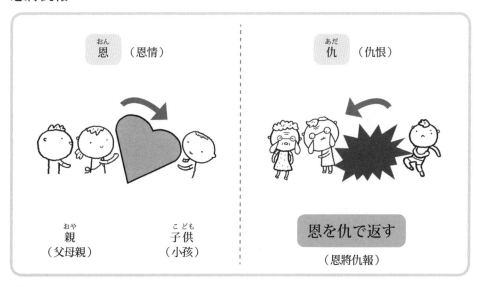

恩（恩情）　　　　　仇（仇恨）

親（父母親）　　　子供（小孩）

恩を仇で返す

（恩將仇報）

活用句

おや　おん　あだ　かえ
親に 恩を仇で返す。

對父母親恩將仇報。

・に：助詞，前面接「動作對象」。

185 恩を売る

原字義

恩情　賣

恩 を 売る

引申義

並非出於真心，而是因為某種目的才刻意對別人好。料想到將來對方可能會感恩，而故意施予恩惠。賣人情。

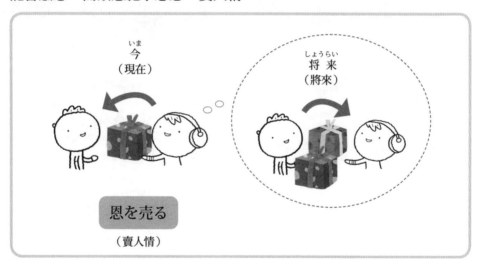

今（現在）

将来（將來）

恩を売る

（賣人情）

活用句

今のうちに 彼に恩を売ろう。

趁現在刻意對他多付出一點恩惠吧。

・今のうちに：趁現在。　・彼：他。　・「彼に」的「に」：助詞，前面接「動作對象」。
・売ろう：是「売る」（賣）的「意向形」，此處表示「做～吧」。

186　恩に着せる
おん　き

原字義

恩情　　　使～穿上

恩　に　着せる

引申義

一旦幫了忙，就以恩人自居，要求別人感恩或回報；甚至會提醒對方「上次是我幫你喔」。

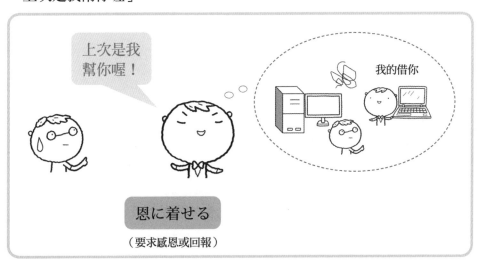

上次是我幫你喔！

我的借你

恩に着せる

（要求感恩或回報）

活用句

彼は いつも 前のこと を 恩に着せる。
かれ　　　　まえ　　　　おん　き

他總是對之前的事要求感恩或回報。

・彼：他。　・いつも：總是。

205

187 顔に泥を塗る
（かお　どろ　ぬ）

原字義

臉　　泥土　　塗抹
顔 に 泥 を 塗る

引申義

丟對方的臉。有損對方的聲譽。讓對方蒙羞。

你的徒弟，沒有我的厲害！

弟子（でし）
（弟子）

ライバル
（死對頭）

顔に泥を塗る
（蒙羞）

弟子（でし）
（弟子）

活用句

負けたら師匠の顔に泥を塗ることになる。
（ま）（し しょう）（かお　どろ　ぬ）

如果輸掉的話，就等於是丟師父的臉一樣。

・負けた：是「負ける」（輸）的「た形」。　　・動詞た形＋ら：此處表示「如果做～的話」。
・～ことになる：就等於～一樣。

188 　顔をつぶす
かお

原字義

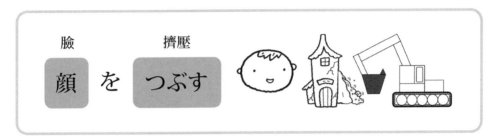

臉　　　　　擠壓

顔 を つぶす

引申義

沒面子、丟臉。

通りすがりの人
とお　　　　ひと
（路人）

子供
こども
（小孩）

お母さん
かあ
（媽媽）

顔をつぶす
（沒面子）

活用句

親の 顔をつぶす。
おや　　かお

會丟父母親的臉。

189　口に乗せられる
くち　の

原字義

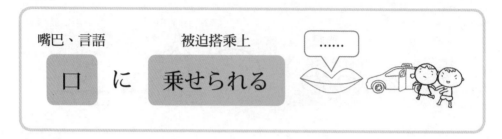

嘴巴、言語　　　　被迫搭乗上

口　に　乗せられる

……

引申義

用花言巧語騙人，讓人聽信、同意、並接受他的想法。

你買這套教材，考試絕對滿分！

100

うそ
嘘だけど。
（這是騙人的啦！）

10000円

口に乗せられる

（用花言巧語騙人）

がくせい
学生
（學生）

活用句

ほうもんはんばいぎょうしゃ　　　くち　の
訪問販売 業 者の 口に乗せられてしまった。

不小心聽信了逐戶拜訪的推銷員的花言巧語。

・乗せられて：是「乗せられる」（被迫搭乗上）的「て形」。
・動詞て形＋しまった：「動詞て形＋しまう」的「過去形」，此處表示「不小心、禁不住、不由得做了～」。

208

190 　胡麻を擂る
<small>ご　ま　　す</small>

原字義

芝麻　　　　　　　磨

胡麻　を　擂る

引申義

拍馬屁。阿諛逢迎。

課長是我的偶像！
我願意永遠追隨您！

能作為課長的部下，
是我的福氣！

部下
（部下）

上司
（上司）

胡麻を擂る

（拍馬屁）

活用句

<small>かれ　　じょうし　　　　たい　　　　　　　　　ご　ま　　す</small>
彼は 上司に 対して いつも胡麻を擂っている。

他對上司總是一直拍馬屁。

・彼：他。　　・に：助詞，前面接「動作對象」。
・某人＋に＋対して：是「某人＋に＋対する」（對於某人）的「て形」。
・擂っている：是「擂る」（磨）的「ている形」，此處表示「經常性的行為」。

191 出^だしにする

原字義

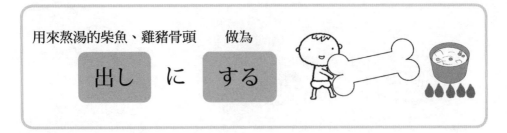

用來熬湯的柴魚、雞豬骨頭　　做為

出し　に　する

引申義

利用某種工具或手段達成自身利益。利用某人而佔到便宜。

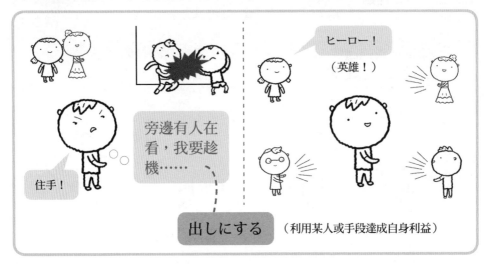

ヒーロー！

（英雄！）

住手！

旁邊有人在看，我要趁機……

出しにする　（利用某人或手段達成自身利益）

活用句

彼^{かれ}は クラスメートを 出^だしにして、 ヒーローになった。

他利用同班同學，而成了英雄。

- ・彼：他。 ・クラスメート：同班同學。
- ・某人＋を＋出しにして：是「某人＋を＋出しにする」（利用某人而佔到便宜）的「て形」，此處表示「方法、手段」。
- ・に：助詞，前面接「變化結果」。 ・なった：是「なる」（變成）的「た形」，此處表示「過去」。
- ・～になった：變成了～。

192　やけを起こす

原字義

自暴自棄　やけ　を　萌生某種感情　起こす

引申義

事情無法按照自己的想法進行，憤而胡亂做出舉動。做出不管三七二十一的行動。

ウサギ（兔子）　ハンター（獵人）　怒る（生氣）　やけを起こす（憤而胡亂做出舉動）

活用句

彼は やけを起こして 目くらめっぽうに 打ち始めた。

他因為事情沒有如願進行，憤而開始胡亂射擊。

・彼：他。　　・起こして：是「起こす」（萌生某種感情）的「て形」，此處表示「原因」。
・目くらめっぽう：胡搞（屬於な形容詞，接續動詞時，中間要有「に」）。
・打ち始めた：是「打ち始める」（開始射擊）的「た形」，此處表示「過去」。

193 頭が固い

あたま　かた

原字義

頭 → 頭

硬的 → 固い

引申義

想法不知變通，缺乏彈性，不懂得視情況調整。固執己見，無法溝通，無法接受別人的建議或新的想法。

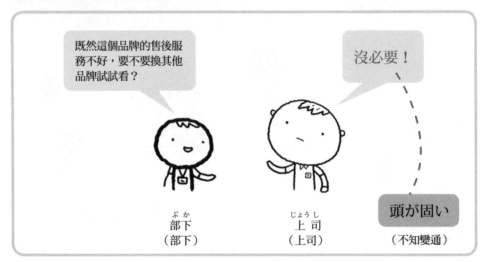

既然這個品牌的售後服務不好，要不要換其他品牌試試看？

沒必要！

部下（部下）

上司（上司）

頭が固い（不知變通）

活用句

うちの上司は 頭 が固い。

じょうし　　　あたま　かた

我的上司無法接受別人的新想法。

・うち：自己所有的、自己所屬的。

194 石頭
<ruby>いしあたま</ruby>

原字義

石頭　　頭

石　　頭

<ruby>いし</ruby>
石

引申義

（1）死腦筋。不知變通，頭腦不靈活。

（2）頭骨堅硬。堅硬的腦袋。

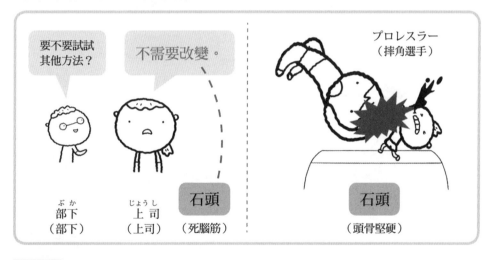

要不要試試
其他方法？

不需要改變。

プロレスラー
（摔角選手）

<ruby>ぶか</ruby>
部下
（部下）

<ruby>じょうし</ruby>
上司
（上司）

石頭
（死腦筋）

石頭
（頭骨堅硬）

活用句

（1）あの<ruby>じょうし</ruby>上司は<ruby>いしあたま</ruby>石頭で、<ruby>ぶか</ruby>部下から<ruby>きら</ruby>嫌われている。

　　　那個上司因為死腦筋，而被部下討厭著。

・あの：那個。　　・で：助詞，因為〜。　　・某人＋から＋嫌われている：被某人討厭著。

・嫌われている：是「嫌う」（討厭）的「被動形（嫌われる）的ている形」，此處表示「目前被〜的狀態」。

（2）あのプロレスラーは<ruby>いしあたま</ruby>石頭だ。

　　　那個摔角選手頭骨堅硬。

・だ：斷定的語氣。

195 　角が取れる

_{かど} _と

原字義

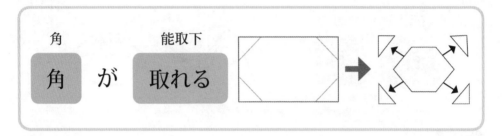

角		能取下		
角	が	取れる		

引申義

個性變圓滑、溫和。個性被磨練得圓融。和藹。沒脾氣。

若い頃 （年輕時）　　　　年を取る （年老時）
_{わか} _{ころ}　　　　　　　　　　_{とし} _と

#*@%
※《

ウェイター
（男服務生）

角が取れる

（個性變得圓融）

活用句

_{かど} _と
角が取れてきた。

個性被磨練得越來越圓融溫和了。

・取れて：是「取れる」（能取下）的「て形」。　　・動詞て形＋きた：此處表示「越來越～了」。

196 我が強い
<small>が つよ</small>

原字義

自我　強的
我　が　強い

引申義

個性比較特別。個性倔強。固執、頑固。

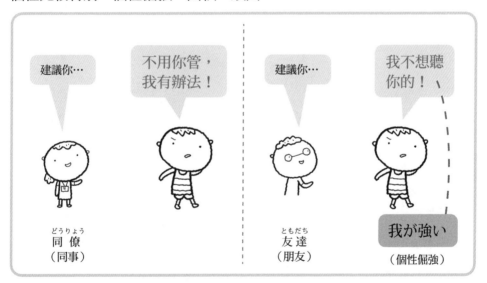

建議你…

不用你管，我有辦法！

建議你…

我不想聽你的！

同 僚
<small>どうりょう</small>
（同事）

友 達
<small>ともだち</small>
（朋友）

我が強い

（個性倔強）

活用句

彼は 我が強くて、 よく人に嫌われる。
<small>かれ が つよ ひと きら</small>

他因為個性倔強，經常被人討厭。

・彼：他。　　・強くて：是「強い」（強的）的「て形」，此處表示「原因」。　　・よく：經常。
・に：助詞，前面接「動作對象」。　　・嫌われる：是「嫌う」（討厭）的「被動形」，此處表示「被～」。
・某人＋に＋嫌われる：被某人討厭。

197　気が利く
<small>き　き</small>

原字義

心情、情緒　　　敏銳
気　が　利く

引申義

善解人意，能夠設身處地為別人著想，並表現出體貼及善意。

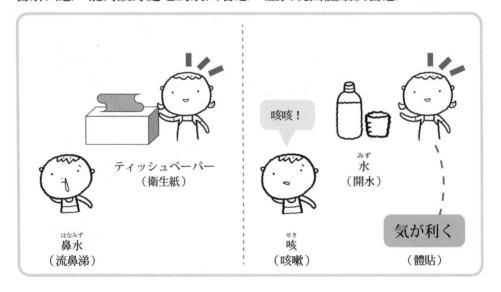

ティッシュペーパー
（衛生紙）

鼻水
<small>はなみず</small>
（流鼻涕）

咳咳！

咳
<small>せき</small>
（咳嗽）

水
<small>みず</small>
（開水）

気が利く
（體貼）

活用句

彼女は　気が利く　人だ。
<small>かのじょ　き　き　ひと</small>

她是個體貼且善解人意的人。

・彼女：她。　　・だ：斷定的語氣。

198　気が短い
き みじか

原字義

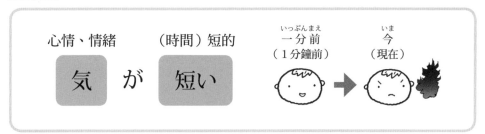

心情、情緒　（時間）短的　一分前（1分鐘前）　今（現在）
いっぷんまえ　いま

気　が　短い

引申義

（1）容易發脾氣、脾氣不好、好動肝火。（2）不耐煩、沒有耐性、性急。

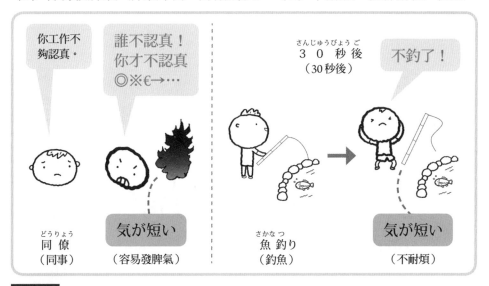

你工作不夠認真。　誰不認真！你才不認真◎※€→…

同僚（同事）　気が短い（容易發脾氣）
どうりょう

３０秒後（30秒後）　不釣了！
さんじゅうびょうご

魚釣り（釣魚）　気が短い（不耐煩）
さかなつ

活用句

（1）彼は気が短いので、気をつけたほうがいい。
かれ き みじか　き

因為他的脾氣不好，所以小心一點比較好。

・彼：他。　・ので：助詞，因為～所以～。　・気をつけた：是「気をつける」（小心）的「た形」。
・動詞た形＋ほうがいい：此處表示「做～比較好」。

（2）彼は気が短いので、魚釣りはしない。
かれ き みじか　さかな つ

他因為不耐煩，所以不釣魚了。

・魚釣り：釣魚。　・しない：是「する」（做）的「ない形」，此處表示「現在否定」。

199 腰が低い
こし ひく

原字義

腰　低的

腰　が　低い

ひく
低い

引申義

低姿態。謙虛。和藹。平易近人。

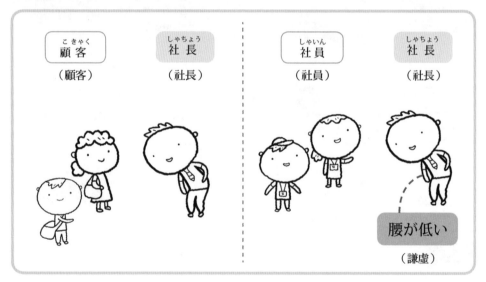

こきゃく 顧客	しゃちょう 社長	しゃいん 社員	しゃちょう 社長
（顧客）	（社長）	（社員）	（社長）

腰が低い

（謙虛）

活用句

うちの社長は腰が低い。
しゃちょう こし ひく

我們公司的社長很謙虛。

・うち：自己所有的、自己所屬的。

200 尻に敷く

しり し

原字義

屁股　　　壓在下面

尻　に　敷く

引申義

態度強硬，對別人很兇，像奴僕一樣使喚，但是並沒有惡意。常用來形容妻子欺壓丈夫。

&%^#@
&^#$*◎

妻（妻子）
つま

夫（丈夫）
おっと

《%^#@*
&^#$*&#

尻に敷く

（態度強勢）

活用句

あの奥さんは いつも 夫を尻に敷いている。
おく　　　　　　　　おっと　しり　し

那位太太總是把丈夫壓得死死的。

・あの：那個。　・奥さん：太太。　・いつも：總是。　・某人＋を＋尻に敷く：欺壓某人。
・敷いている：是「敷く」（壓在下面）的「ている形」，此處表示「經常性的行為」。

201 竹を割ったよう

たけ　わ

原字義

竹子　　劈開了　　像是～

竹　を　割った　よう

引申義

形容個性乾脆、直爽。心直口快。

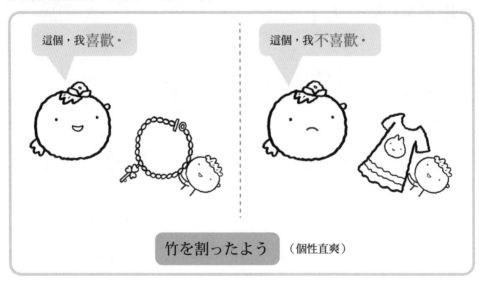

這個，我喜歡。

這個，我不喜歡。

竹を割ったよう　（個性直爽）

活用句

彼女は 竹を割ったような 性格だ。

かのじょ　　たけ　わ　　　　　せいかく

她的個性乾脆、直爽。

・彼女：她。　　・性格：個性。　　・だ：斷定的語氣。

〈說明〉「竹を割ったよう」的接續原則和「～ようだ」相同，屬於「な形容詞」的變化：
後面接續「名詞」時，「竹を割ったよう＋な＋名詞」，後面接續「動詞」時，「竹を割ったよう＋に＋動詞」

202　血も涙もない
<ruby>血<rt>ち</rt></ruby>　<ruby>涙<rt>なみだ</rt></ruby>

原字義

感情　　眼涙　　沒有　　ない　　　　　　　ない

血　も　涙　も　ない

引申義

沒血沒淚，極度凶殘、殘忍。也可以用來形容一個人很冷酷，一點人情味都沒有。

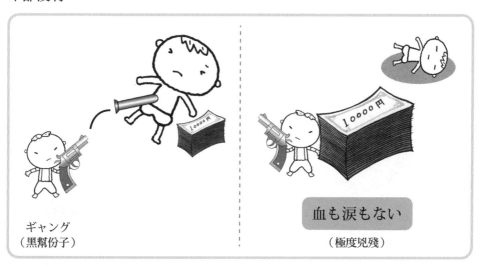

ギャング
（黑幫份子）

血も涙もない

（極度兇殘）

活用句

<ruby>相手<rt>あいて</rt></ruby>は <ruby>血<rt>ち</rt></ruby>も <ruby>涙<rt>なみだ</rt></ruby> もないギャングだ。

對方是極度凶殘的黑幫份子。

・相手：對方。　　・だ：斷定的語氣。

〈補充〉・ギャング：美國的黑幫強盜集團。　　・マフィア：義大利的黑幫犯罪組織—黑手黨。

203 三日坊主
<ruby>み<rt></rt></ruby><ruby>っ<rt></rt></ruby><ruby>か<rt></rt></ruby>ぼうず

原字義

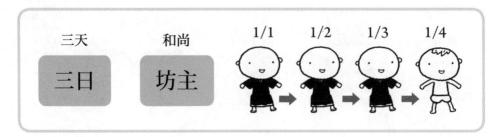

三天　　　　和尚　　　　1/1　　1/2　　1/3　　1/4

三日　　　　坊主

引申義

三天打魚，兩天曬網。形容三分鐘熱度的行為或人。

月曜日 （星期一）　　　火曜日 （星期二）　　　水曜日 （星期三）
げつようび　　　　　　　かようび　　　　　　　すいようび

ダイエット　　　　　　　ダイエット　　　　　　　やめる

（減肥）　　　　　　　　（減肥）　　　　　　　　（放棄）

　　　　　　　　　　　　　　　　　　　　　　　三日坊主

ランニング　　　　　　　ランニング

（慢跑）　　　　　　　　（慢跑）　　　　　　　（三分鐘熱度）

活用句

何をやっても 三日坊主だ。
なに　　　　　みっかぼうず

不管做什麼，都是三分鐘熱度。

・何：什麼。　・やって：是「やる」（做）的「て形」。　・動詞て形＋も：此處表示「即使做～」。
・だ：斷定的語氣。

222

204 　頭が切れる
あたま　き

原字義

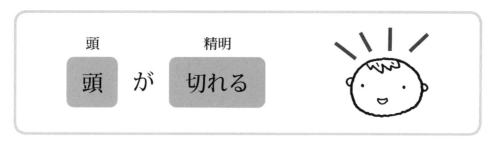

頭 ← 頭　が　切れる → 精明

引申義

頭腦聰明、反應很快。頭腦敏銳。精明能幹。

怎麼辦？突然有好多客人都要退貨！

首先，你去…，然後再…，最後再…，這樣就沒問題了。

しんにゅうしゃいん
新入社員
（新進職員）

て　しゃいん
やり手の社員
（能幹的職員）

頭が切れる
（頭腦敏銳、反應快）

活用句

かれ　ほんとう　あたま　き
彼は 本当に 頭 が切れる。

他真是頭腦聰明、反應快。

・彼：他。　・本当に：真的是～、實在是～。

223

205　頭をひねる

あたま

原字義

頭　を　扭
頭　を　ひねる

引申義

絞盡腦汁，拼命地要想出好辦法。費盡心思。

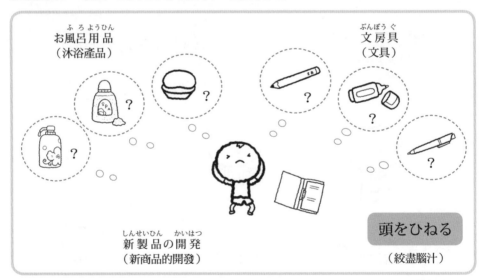

お風呂用品
（沐浴產品）
ふろようひん

文房具
（文具）
ぶんぼうぐ

新製品の開発
（新商品的開發）
しんせいひん　かいはつ

頭をひねる
（絞盡腦汁）

活用句

これは 頭をひねって 考え出した 新製品だ。
あたま　　　　　　　　かんが　だ　　　　しんせいひん

這是絞盡腦汁想出來的新商品。

・これ：這～。　　・ひねって：是「ひねる」（扭）的「て形」，此處表示「描述狀態」。
・考え出した：是「考え出す」（想出）的「た形」，後面接續「名詞」，用來「修飾名詞」。

206　腕が上がる

うで　あ

原字義

技能、本領　　　提升

| 腕 | が | 上がる |

引申義

形容能力或技術提昇，變得很好。

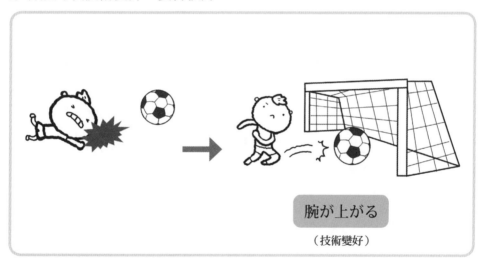

腕が上がる

（技術變好）

活用句

さいきん　ひら　た　せんしゅ　うで　あ
最近 平田選手は 腕が上がった。

最近，平田選手的球技變好了。

・上がった：是「上がる」（提升）的「た形」，此處表示「過去」。

207 腕が立つ

うで た

原字義

技能、本領　腕　が　突出　立つ

引申義

技藝精湛。工作能力強。

りょうりにん
料理人
（廚師）

腕が立つ

（技藝精湛）

活用句

かれ　うで　た　りょうりにん
彼は 腕が立つ 料理人だ。

他是個技藝精湛的廚師。

・彼：他。　　・だ：斷定的語氣。

226

208　腕を振るう
うで　　ふ

原字義

技能、本領　　　　揮

腕　を　振るう

引申義

展現才能，把自己厲害的優點或長處表現給大家看。多用於展現好廚藝。

腕を振るう　　（展現好廚藝）

活用句

彼は フランス 料理の腕を振るった。
かれ　　　　　りょうり　うで　ふ

他展現了做法國料理的好廚藝。

・彼：他。 ・フランス料理：法國菜。 ・振るった：是「振るう」（揮）的「た形」，此處表示「過去」。

209　腕を磨く
<small>うで　みが</small>

原字義

技能、本領　腕　を　磨く　磨練

引申義

鍛鍊、磨練技巧（好事、壞事都可以用）。磨練本領。

腕を磨く　（磨練技巧）

活用句

選手たちが 日々腕を磨いている。
<small>せんしゅ　　　　　ひ び うで　みが</small>

選手們每天都要磨練技巧。

・選手たち：選手們。 ・磨いている：是「磨く」（磨練）的「ている形」，此處表示「經常性的行為」。

210　男が上がる

おとこ　　あ

原字義

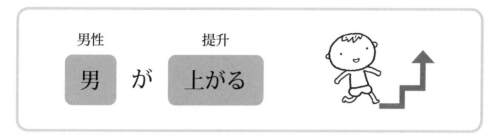

男性　　　　提升

男　が　上がる

引申義

指男性的尊嚴獲得肯定；或是能力獲得認同與好評，十分有面子。

他能力真好！

好厲害！

男性尊嚴 Get !

能力好評 Get !

どうりょう
同僚
（同事）

男が上がる

（男性尊嚴、能力獲得肯定）

活用句

せいこう　　　　　　　　おとこ　あ
これを成功させると　男が上がる。

如果讓這件事成功的話，你的能力會備受肯定。

・これ：這～。　　・成功させる：是「成功する」（成功）的「使役形」，此處表示「使～、讓～」。
・と：助詞，如果～的話。

211 知恵を絞る

原字義

智慧　知恵　を　絞る　擰

引申義

努力想出好點子。

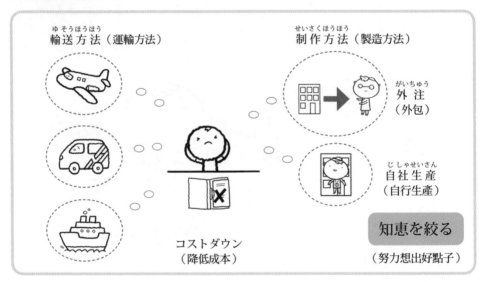

輸送方法（運輸方法）　制作方法（製造方法）

外注（外包）

自社生産（自行生産）

コストダウン（降低成本）

知恵を絞る（努力想出好點子）

活用句

社長 は このシステムを 知恵を絞って 考え出した。

社長努力想出好點子，想出了這個模式。

・この：這個。　　・システム：模式、制度。
・絞って：是「絞る」（擰）的「て形」，此處表示「描述狀態」。
・考え出した：是「考え出す」（想出來）的「た形」，此處表示「過去」。

212　潰^{つぶ}しが効^きく

原字義

擠壓、壓扁　　　有功能

潰し　が　効く

さいりょう
再利用
（再利用）

引申義

因為具備某種能力或技術，所以即使離開原本的工作，還是有能力做與本身所擁有的能力或技術相關的工作，改行也能做得好。

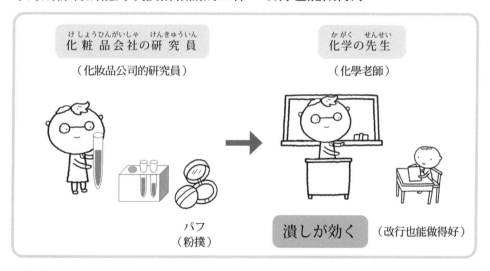

けしょうひんがいしゃ　けんきゅういん
化粧品会社の研究員
（化妝品公司的研究員）

かがく　せんせい
化学の先生
（化學老師）

パフ
（粉撲）

潰しが効く　（改行也能做得好）

活用句

ぎのう　も　　　　　　　もの　つぶ　き
技能を持っていない者 は 潰しが効かない。

沒有專業技能的人，沒有能力轉行做其他的工作。

・技能を持つ：擁有專業技能。
・持っていない：是「持つ」（擁有）的「ている形（持っている）的否定形」，此處表示「目前不是～狀態」。
・者：人。　・効かない：是「効く」（有功能）的「ない形」，此處表示「現在否定」。

213　爪の垢を煎じて飲む

原字義

指垢　　煮之後…　　喝

爪の垢 を 煎じて 飲む

引申義

原意是把指垢煮來喝。比喻要多學習優秀者的長處，屬於開玩笑的說法，帶有一點瞧不起的意思。

能力強

你多跟他學學吧！

上司（上司）

部下（部下）　　部下（部下）

爪の垢を煎じて飲む

（學習優秀者的長處）

活用句

君ね、彼の爪の垢を煎じて飲みなさい。

你啊，多學學他的優點吧！

・君：對關係親密的人稱「你」時使用，對不熟的人使用會有不禮貌的感覺。
・ね：要對方繼續聽的語氣。
・飲みなさい：是「飲む」（喝）的「なさい形」，此處表示「輕微的命令語氣」。

214 並ぶ者がない
（なら）（もの）

原字義

並列的人		沒有			
並ぶ者	が	ない	？		？

引申義

無人可比。無人能及。無人匹敵。

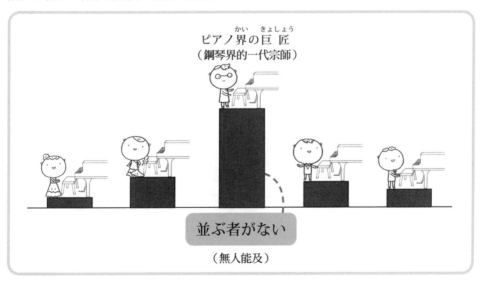

ピアノ界の巨匠
（かい）（きょしょう）
（鋼琴界的一代宗師）

並ぶ者がない

（無人能及）

活用句

彼は 並ぶ者が（い）ない。
（かれ）（なら）（もの）

他無人能及、無人可匹敵。

〈說明〉「並ぶ者がない」和「並ぶ者がいない」的意思相同。如果主詞是「人」，有時候會使用「並ぶ者がいない」。

215　歯が立たない

原字義

引申義

【原意為】咬不動。
【引申為】自己無法對抗對方的能力。比不上、打不過對方。無法匹敵。

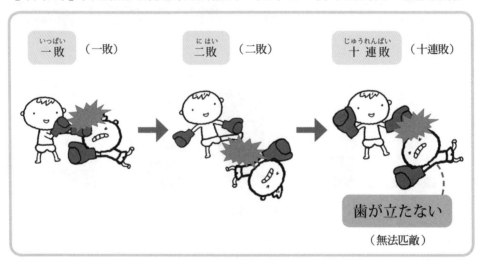

活用句

誰も歯が立たない。

誰都無法匹敵。（任何人都無法匹敵。）

・誰：誰。　　・も：助詞，全都～。

216　百も承知
（ひゃく　しょうち）

原字義

一百　　　知道

百　も　承知　　100

引申義

清楚知道。心知肚明。十分清楚。知道的很詳細。

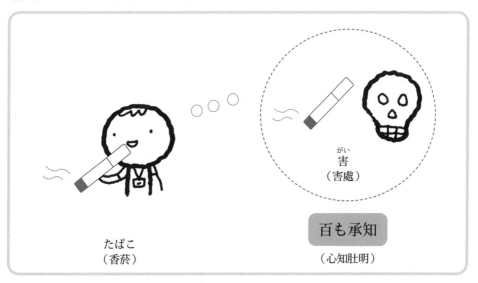

たばこ
（香菸）

害（がい）
（害處）

百も承知
（心知肚明）

活用句

たばこの害（がい）は 百（ひゃく）も 承（しょう）知（ち）だ。

香菸的害處，知道的十分清楚。

・だ：斷定的語氣。

217　股^{また}にかける

股にかける

原字義

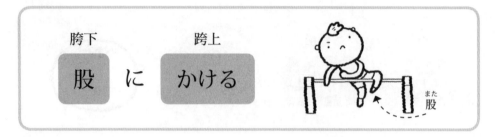

跨下　跨上

股　に　かける

また
股

引申義

活躍於各國。漫遊～。走遍～。

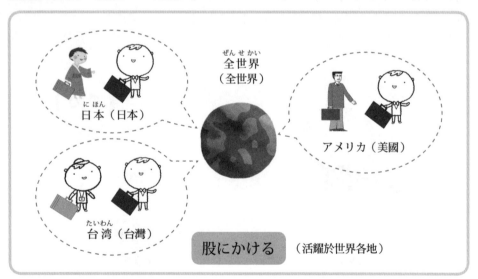

ぜんせかい
全世界
（全世界）

にほん
日本（日本）

アメリカ（美國）

たいわん
台湾（台灣）

股にかける　（活躍於世界各地）

活用句

かれ　せかい　また
彼は 世界を股にかける ビジネスマンだ。

他是<u>走遍世界各地</u>的商務人士。

・彼：他。　　・ビジネスマン：商務人士。　　・だ：斷定的語氣。

218 身に付ける

<small>み つ</small>

原字義

身體　身
添加、配戴　付ける
學問、技術

引申義

（1）學會某種學問或技術。
（2）把裝飾配件戴在身上。

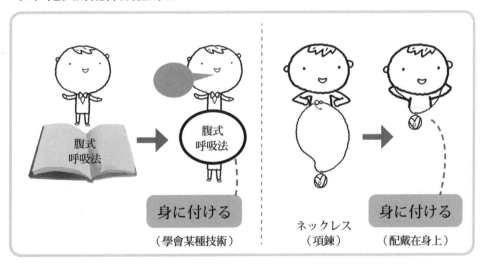

腹式
呼吸法 → 腹式
呼吸法
身に付ける
（學會某種技術）

ネックレス
（項錬）
身に付ける
（配戴在身上）

活用句

（1）腹式呼 吸 を 身に付ける。
<small>ふくしきこきゅう　　　み　つ</small>
要學會腹式呼吸。

（2）ネックレスを 身に付ける。
<small>み　つ</small>
要配戴項錬。

219　目から鱗が落ちる

原字義

眼睛　目　から　魚鱗　鱗　が　落下　落ちる

引申義

原本對某件事一知半解，經過親眼所見後，完全瞭解事情真相，因而恍然大悟，茅塞頓開。或發現自己一直深信不疑的事情是大錯特錯的。

授業参観前（參觀教學前）　　授業参観後（參觀教學後）

幸せ（幸福）

かわいそう!!（好可憐!!）

現代の子供（現在的小孩）　　宿題（功課）

目から鱗が落ちる（恍然大悟）

活用句

見て 目から 鱗 が 落ちた。

看到之後，才發現過去深信不疑的事是大錯特錯的。

・見て：是「見る」（看）的「て形」，此處表示「做～之後」。
・落ちた：是「落ちる」（落下）的「た形」，此處表示「過去」。

238

220 目_めが利_きく

原字義

眼睛　　　　敏銳

目　が　利く

引申義

有鑑賞眼光。鑑賞力佳。有眼光。多用於藝術品、文物等的鑑賞力。

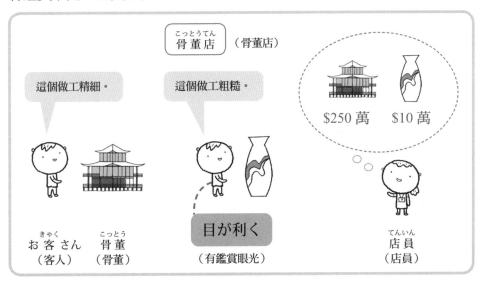

骨董店_{こっとうてん}　（骨董店）

這個做工精細。　　　　這個做工粗糙。

$250 萬　$10 萬

お客_{きゃく}さん　骨董_{こっとう}
（客人）　（骨董）

目が利く

（有鑑賞眼光）

店員_{てんいん}
（店員）

活用句

彼_{かれ}は 骨董_{こっとう}に目_めが利_きく。

他對於古董很有鑑賞眼光。

・彼：他。　　・に：助詞，表示「對於～、面對～」。　　・～に目が利く：對～有鑑賞眼光。

221　目の付け所

原字義

眼睛　注目的地方

目　の　付け所

引申義

著眼點。想法。注目的地方。

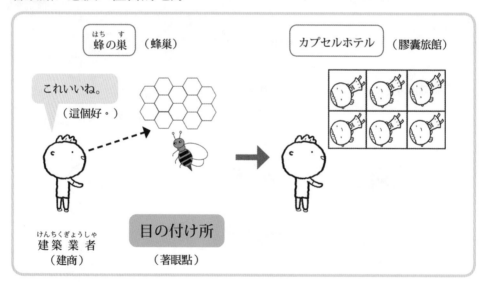

蜂の巣　（蜂巣）

カプセルホテル　（膠囊旅館）

これいいね。
（這個好。）

建築業者
（建商）

目の付け所
（著眼點）

活用句

彼は目の付け所が違う。

他的著眼點（跟一般人）不一樣。

・彼：他。　　・違う：不一樣。

222 読みが深い

原字義

洞悉人心及事物的未來發展　（程度）深的

読み　が　深い

XX公司 →

引申義

擁有洞悉人心及事情未來發展的高人一等的能力。深謀遠慮。

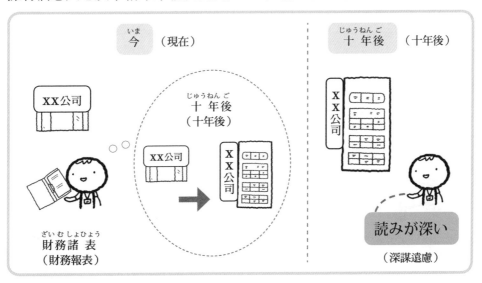

今（現在）

十年後（十年後）

XX公司

十年後（十年後）

XX公司 → XX公司

財務諸表（財務報表）

XX公司

読みが深い

（深謀遠慮）

活用句

さすが彼だ、読みが深い。

真不愧是他，實在是深謀遠慮。

・さすが：真不愧。　・彼：他。　・だ：斷定的語氣。

223　足が棒になる

あし　　ぼう

原字義

腿、脚　　　棒子　　　變成

足　が　棒　に　なる

引申義

形容走了很多路，導致雙腿十分僵硬、疲累。感覺雙腿就像棒子一樣直直的，很難彎曲。

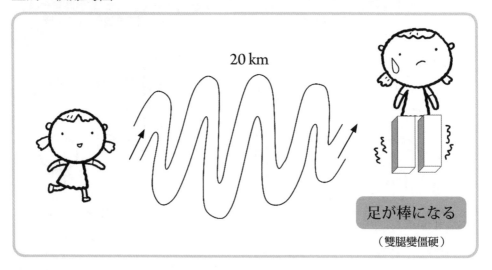

20 km

足が棒になる

（雙腿變僵硬）

活用句

きのう　　えんそく　　あし　ぼう　　　　　　ある
昨日は 遠足で 足が棒になるまで 歩いた。

昨天因為遠足走了好多路，甚至達到雙腿快要變硬的程度。

・で：助詞，因為～。　　・まで：助詞，甚至達到某種程度。
・歩いた：是「歩く」（走）的「た形」，此處表示「過去」。

224　足手まとい

あし　で

原字義

腿、脚　　手　　纏住、纏繞

足　　手　　まとい

引申義

累贅。

パーティー
（登山隊）

足手まとい　（累贅）

活用句

かれ　　　　　　　　　　　あし　で
彼は パーティーの足手まとい に なった。

他變成了登山隊的累贅。

・彼：他。　　・に：助詞，前面接「變化結果」。
・なった：是「なる」（變成）的「た形」，此處表示「過去」。　　・〜になった：變成了〜。

225 足の踏み場もない

原字義

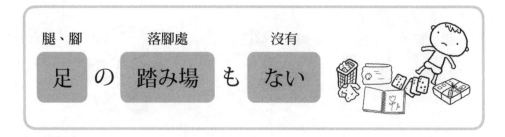

腿、腳　　　落腳處　　　沒有

足　の　踏み場　も　ない

引申義

形容很多東西散亂一地，連站的地方都沒有。完全沒辦法走路，一走動就會踩到東西。

足の踏み場もない

（亂到連走路的地方都沒有）

活用句

かれ　へや　あし　ふ　ば

彼の部屋は 足の踏み場もない。

他的房間亂到連走路的地方都沒有。

・彼：他。　　・部屋：房間。

244

226　後を引く

原字義

後面　　　　　拉、拉長

後　を　引く

引申義

受到某件事的影響，而且影響力一直持續到現在。沒完沒了。無休無止。

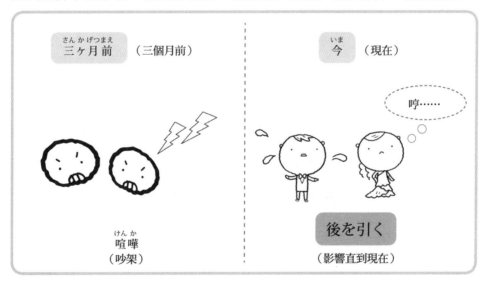

三ヶ月前（三個月前）　　　　　今（現在）

喧嘩（吵架）　　　　　後を引く　　　（影響直到現在）

活用句

この前の喧嘩が後を引いている。

之前的吵架所產生的影響，持續到現在。

・この前：之前。　・引いている：是「引く」（拉、拉長）的「ている形」，此處表示「目前狀態」。

227 　油が乗る

原字義

油　　　　　附著、趁勢

油　が　乗る

あぶら
油

引申義

（1）魚類或鳥類等因為季節因素而脂肪增加，變得肥美。
（2）工作的氣勢高漲，進展飛快。

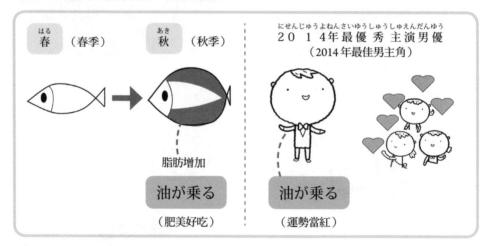

春（春季）　　　秋（秋季）

にせんじゅうよねんさいゆうしゅうしゅえんだんゆう
２０１４年最優秀主演男優
（2014年最佳男主角）

脂肪增加

油が乗る

（肥美好吃）

油が乗る

（運勢當紅）

活用句

（1）秋刀魚は 油が乗っておいしい。

　　秋刀魚因為脂肪增加而肥美好吃。

　　・乗って：是「乗る」（附著）的「て形」，此處表示「原因」。

（2）彼は 俳優として 油が乗っている。

　　他是目前運勢當紅的演員。

　　・彼：他。　　・身分＋として：以～的身分。
　　・乗っている：是「乗る」（趁勢）的「ている形」，此處表示「目前狀態」。

228　息が合う

<small>いき　あ</small>

原字義

氣息　息　が　一致　合う

引申義

形容彼此在表演、工作上很有默契，配合得很好。但不適合用來形容男女朋友間的默契。

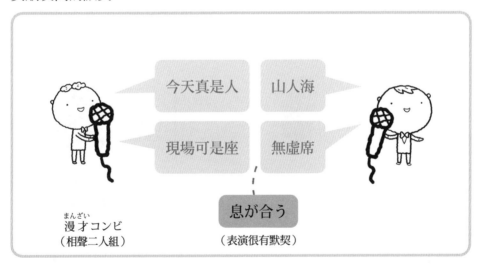

今天真是人　山人海

現場可是座　無虛席

まんざい
漫才コンビ
（相聲二人組）

息が合う
（表演很有默契）

活用句

あの漫才コンビは 息が合っている。

<small>まんざい　　　　　　いき　あ</small>

那對相聲二人組在表演上很有默契。

・あの：那個。　　・合っている：是「合う」（一致）的「ている形」，此處表示「目前狀態」。

229　板に付く

原字義

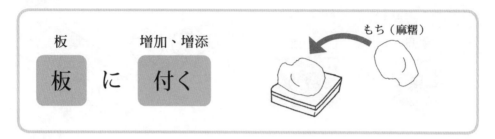

板　　　増加、増添

板 に **付く**

もち（麻糬）

引申義

累積一定的經驗後，行為或態度符合本身的職業與地位。恰如其分。

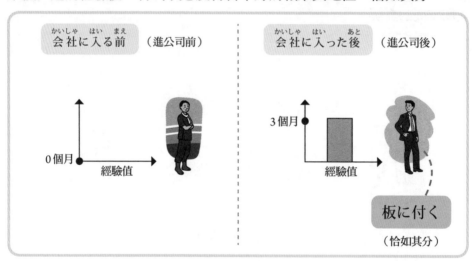

会社に入る前　（進公司前）

0個月　經驗値

会社に入った後　（進公司後）

3個月　經驗値

板に付く

（恰如其分）

活用句

スーツ姿が板に付いてきた。

穿上西裝的樣子，越來越符合本身的身分地位了。

・スーツ：西裝。　　・姿：裝扮。　　・付いて：是「付く」（增加、增添）的「て形」。
・動詞て形＋きた：此處表示「越來越～了」。

至れり尽くせり
_{いた} _つ

原字義

盡善盡美

至れり尽くせり

引申義

各方面都做得很周到。無微不至。盡善盡美。萬分周到。完善。

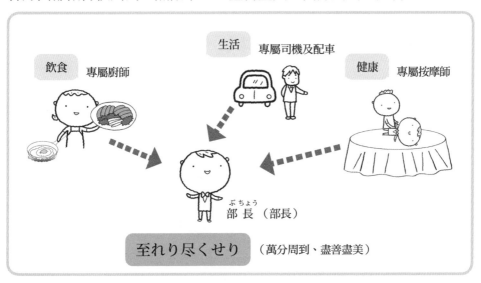

生活　專屬司機及配車

飲食　專屬廚師

健康　專屬按摩師

部長（部長）
_{ぶちょう}

至れり尽くせり　（萬分周到、盡善盡美）

活用句

専属のマッサージ師 も ついて 至れり尽くせりだ。
_{せんぞく} _し _{いた} _つ

也附有專屬的按摩師，各方面都很周到。

・も：助詞，列舉某人事物也～。　・ついて：是「つく」（附有）的「て形」，此處表示「描述狀態」。
・だ：斷定的語氣。

231　一から十まで

原字義

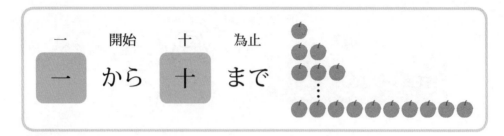

一　開始　　十　為止
一　から　十　まで

引申義

形容從頭到尾十分完整、詳盡、鉅細靡遺。一切。全部。

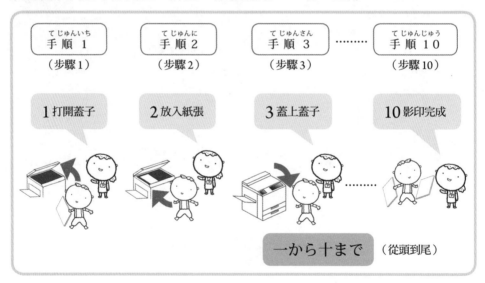

てじゅんいち
手順1
（步驟1）

てじゅんに
手順2
（步驟2）

てじゅんさん
手順3
（步驟3）

てじゅんじゅう
手順10
（步驟10）

1 打開蓋子

2 放入紙張

3 蓋上蓋子

10 影印完成

一から十まで　（從頭到尾）

活用句

いち　　じゅう　　　　　　ぜんぶおし
一から十まで 全部教えないと できないのか。

沒有從頭到尾全部教的話，就不會嗎？

・教えない：是「教える」（教）的「ない形」，此處表示「現在否定」。　・と：助詞，如果～的話。
・できない：是「できる」（能夠、可以）的「ない形」，此處表示「現在否定」。
・のか：抱持強烈興趣而提出疑問的語氣。

いっこく あらそ

原字義

短時間　　　争奪、競争

一刻　を　争う

引申義

時間、情況十分危急。分秒必爭。

♥ 心跳數 0

病人心跳
停止了！

一刻を争う

（情況十分危急）

かんごし
看護師
（護士）

活用句

いま　いっこく　あらそ　じょうきょう
今は 一刻を 争う 状 況 だ。

現在是十分危急的狀況。

・今：現在。　　・だ：斷定的語氣。

233　うだつが上がらない

原字義

樑上短柱		無法上升
うだつ	が	上がらない

引申義

抬不起頭來，翻不了身。毫無作為，沒有可取之處。

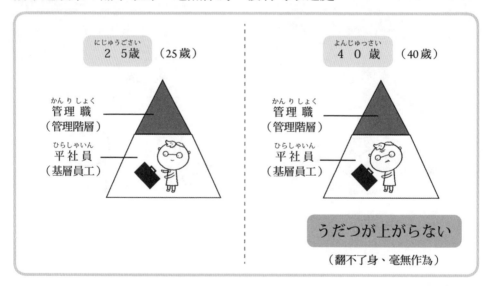

２５歳　（25歳）

管理職（管理階層）

平社員（基層員工）

４０歳　（40歳）

管理職（管理階層）

平社員（基層員工）

うだつが上がらない

（翻不了身、毫無作為）

活用句

彼は うだつが上がらない サラリーマンだ。

他是個翻不了身、毫無作為的上班族。

・彼：他。　　・サラリーマン：上班族。　　・だ：斷定的語氣。

234 馬が合う

う
ま

あ

原字義

馬		合適
馬	が	合う

引申義

人與人之間的相處很投緣、合得來。或指話題談得來。

*$#@^*$#@^
*$#@^$#@^^

%*#">@%*#">
@%*#">@%*#

馬が合う

（談得來）

活用句

あの人とは 話 の馬が合う。
ひと　　　　はなし　　うま　あ

和那個人談話很談得來。

・あの：那個。　　・と：助詞，和某位動作夥伴。　　・は：助詞，此處表示強調。　　・話：談話。

235 男が廃る

おとこ　すた

原字義

男性　　　　沒有用處

| 男 | が | 廃る |

引申義

指身為男人的顏面盡失，所作所為根本不像個男人。丟臉。

おんなこども　　　なぐ
女 子供　　　　殴る
（女人和小孩）　（毆打）

男が廃る　（丟臉，不像個男人）

活用句

だま　　み　　　　　おとこ　すた
黙って見ていては 男 が 廃る。

袖手旁觀的話，根本不像個男人。

・黙って見る：袖手旁觀。
・黙って見ていて：是「黙って見る」（袖手旁觀）的「ている形（黙って見ている）的て形」，此處表
　示「目前狀態」。　　・動詞て形＋は：此處表示「做～的話」。

236 顔が利く
かお き

原字義

臉 顔　が　利く 起作用

引申義

因為有信用或有權力，外貌或姓名被認識而得到特別優惠。有勢力。有面子。吃得開。

店の主人
みせ しゅじん
（老闆）

お客さん
きゃく
（客人）

老規矩，
飲料算招待！

顔が利く
（熟識而享受優待）

活用句

私の顔が利くから安く飲める。
わたし かお き やす の

因為我是熟客，所以喝東西可以比較便宜。

・から：助詞，因為～所以～。　　・安く：便宜地。
・飲める：是「飲む」（喝）的「可能形」，此處表示「可以做～、能夠做～」。

237　顔が広い

かお　ひろ

原字義

臉　　　　寬廣的

顔　が　広い

引申義

很多人都認識這個人，都知道他是誰；交際廣。但並不包含他認識很多人的意思在內。

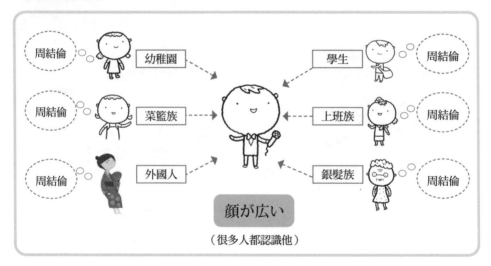

周結倫　幼稚園 → ← 學生　周結倫

周結倫　菜籃族 → ← 上班族　周結倫

周結倫　外國人 → ← 銀髮族　周結倫

顔が広い

（很多人都認識他）

活用句

かれ　かお　ひろ

彼は 顔が広い。

他的交際廣，很多人都認識他。

・彼：他。

238　顔が揃う

かお　そろ

原字義

臉　　　　　齊聚

| 顔 | が | 揃う |

引申義

通常會出現的人，都出現了。

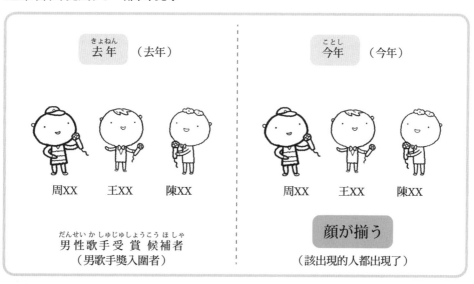

| きょねん 去 年 （去年） | | | | ことし 今年 （今年） | | |

周XX　　王XX　　陳XX

だんせい か しゅじゅしょうこう ほ しゃ
男 性 歌手 受 賞 候補者
（男歌手獎入圍者）

周XX　　王XX　　陳XX

顔が揃う

（該出現的人都出現了）

活用句

やっぱり いつもの顔が揃った。

かお　そろ

果然，平時會出現的那些人都出現了。（果然，又是每次都會出現的那些人。）

・やっぱり：果然。　　・いつも：平時、總是。
・揃った：是「揃う」（齊聚）的「た形」，此處表示「過去」。

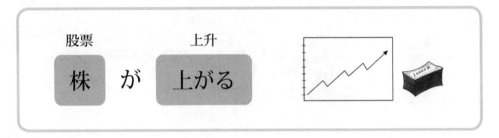
239　株<ruby>か<rt>ぶ</rt></ruby>が上<ruby>あ<rt>あ</rt></ruby>がる

原字義

股票　　　　　上升
株　が　上がる

引申義

評價變好。聲譽高漲。聲望好起來。

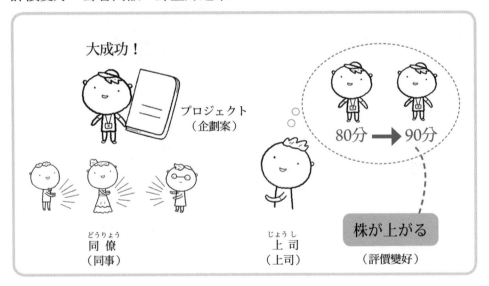

大成功！

プロジェクト
（企劃案）

80分 ➡ 90分

どうりょう
同 僚
（同事）

じょうし
上 司
（上司）

株が上がる

（評價變好）

活用句

<ruby>上 司<rt>じょうし</rt></ruby>の <ruby>私<rt>わたし</rt></ruby>に <ruby>対<rt>たい</rt></ruby>する<ruby>株<rt>かぶ</rt></ruby>が<ruby>上<rt>あ</rt></ruby>がった。

上司對我的評價變好了。

・某人＋に＋対する：對於某人。
・上がった：是「上がる」（上升）的「た形」，此處表示「過去」。

240 壁にぶち当たる

かべ　あ

原字義

牆壁　　　　　撞上

壁　に　ぶち当たる

引申義

遭遇挫折。碰壁、碰釘子。碰上難題或障礙。

壁にぶち当たる

（遭遇挫折）

活用句

仕事で壁にぶち当たった。

しごと　かべ　あ

在工作上遇到了挫折。

・仕事：工作。　・で：助詞，在某方面。
・ぶち当たった：是「ぶち当たる」（撞上）的「た形」，此處表示「過去」。

259

241　気が多い

き おお

原字義

心情、情緒　　　多的

気　が　多い

引申義

無法專心做同一件事。很花心。喜好不專一、見異思遷。常用於表示喜歡很多女生。

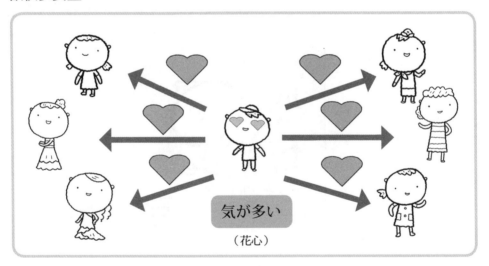

気が多い
（花心）

活用句

やまだ山田さんは き おお気が多い。

山田先生很花心。

・～さん：某某先生、某某小姐。

242 肝が据わる

きも　す

原字義

膽子　沉著

肝　が　据わる

引申義

冷靜沉著。有膽量。膽子大。

你再過來
我就開槍！

你開槍啊！

ごうとう
強盗
（強盜）

けいさつ
警察
（警察）

肝が据わる
（冷靜沉著）

活用句

かれ　　　きも　　す
彼は 肝が据わっている。

他很沉著。

・彼：他。　　・据わっている：是「据わる」（沉著）的「ている形」，此處表示「目前狀態」。

243　口に合う

原字義

口味　　　適合

口　に　合う

引申義

食物或是飲料合某人的口味。

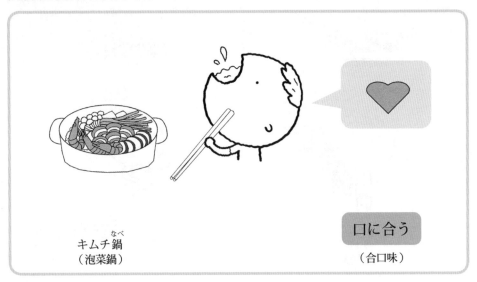

キムチ鍋
（泡菜鍋）

口に合う
（合口味）

活用句

キムチ鍋は 彼の口に合う。

泡菜鍋合他的口味。

244 桁が違う
けた　ちが

原字義

| 位数 | | 不同 | | | 1 | 10 | 100 |

桁　が　違う

ひとけた　ふたけた　みけた
一桁　二桁　三桁
（一位數）（二位數）（三位數）

引申義

相差懸殊，以致無法比擬。

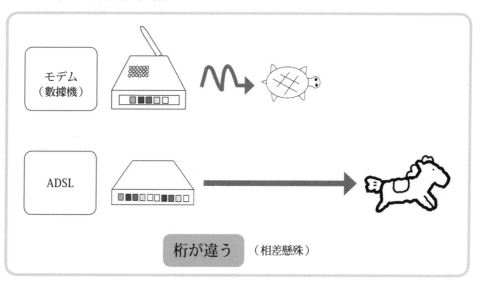

モデム
（數據機）

ADSL

桁が違う （相差懸殊）

活用句

アルバイトと社長とでは、給料の桁が違う。
しゃちょう　　　　　　きゅうりょう　けた　ちが

打工族和社長的話，薪水相差懸殊。

・アルバイト：打工族。　　・〜と〜と：助詞，〜和〜。　　・〜と〜とでは：〜和〜的話。
・給料：薪水。　　・名詞＋の＋桁が違う：〜相差懸殊、〜的差距極大。

245　けりをつける

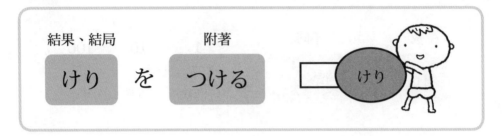

結果、結局　　　　附著

けり　を　つける

有著落。解決。了結。

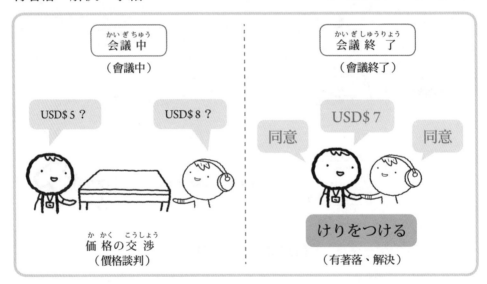

明日までに けりをつけたい。
（あした）

希望在明天結束前會有著落。

・時間＋までに：在某個時間點為止以前。
・つけたい：是「つける」（附著）的「たい形」，此處表示「希望做〜」。

246　芸が細かい
（げい こま）

原字義

技藝
芸　が　精細的
細かい

10,000 個

引申義

精巧的技藝。做工精細。歌唱技巧高超。

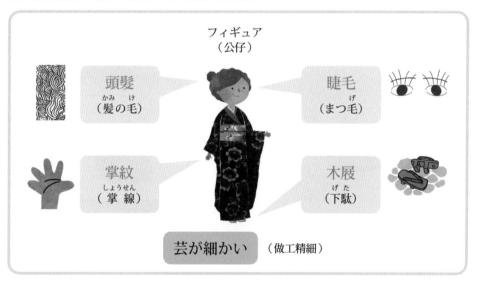

フィギュア
（公仔）

頭髪
（かみ け）
（髪の毛）

睫毛
（げ）
（まつ毛）

掌紋
（しょうせん）
（掌線）

木屐
（げ た）
（下駄）

芸が細かい　（做工精細）

活用句

このフィギュアは　本当に芸が細かい　ね。
（ほんとう）（げい こま）

這個公仔做工真是精細呢。

・この：這個。　・ね：感嘆的語氣。

247 　心がこもった
こころ

原字義

心　　　　充滿了

心　が　こもった

引申義

真心誠意、全心全意的善意表現。

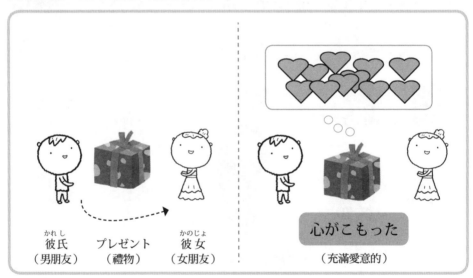

彼氏
かれし
（男朋友）　プレゼント
（禮物）　彼女
かのじょ
（女朋友）

心がこもった

（充滿愛意的）

活用句

心がこもったプレゼントに感激した。
こころ　　　　　　　　　　　　　　　　かんげき

因充滿愛意的禮物而感動。

・に：助詞，表示「對於～、面對～」。・感激した：是「感激する」（感動）的「た形」，此處表示「過去」。

〈說明〉「心がこもった」的現在形是「心がこもる」，但是此慣用句在使用時，幾乎不會使用現在形，通常都是「心がこもっている」（目前狀態）或「心がこもった」（過去形）這兩種型態，以類似形容詞的功能來使用。

266

248　心に残る
<ruby>心<rt>こころ</rt></ruby>に<ruby>残<rt>のこ</rt></ruby>る

原字義

心　　　　　残留

心　に　残る

引申義

因感動，而留下深刻的印象。

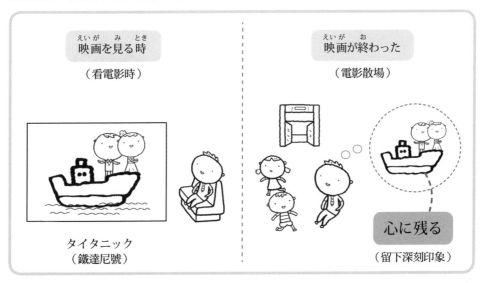

<ruby>映画<rt>えいが</rt></ruby>を<ruby>見<rt>み</rt></ruby>る<ruby>時<rt>とき</rt></ruby>
（看電影時）

<ruby>映画<rt>えいが</rt></ruby>が<ruby>終<rt>お</rt></ruby>わった
（電影散場）

タイタニック
（鐵達尼號）

心に残る
（留下深刻印象）

活用句

あのシーン が <ruby>心<rt>こころ</rt></ruby>に<ruby>残<rt>のこ</rt></ruby>っている。

那個場景令人感動而印象深刻。

・シーン：場景。　　・残っている：是「残る」（殘留）的「ている形」，此處表示「目前狀態」。

249　腰が強い

<small>こし　つよ</small>

原字義

Q度　　　　強的

腰　が　強い

引申義

黏黏的東西、有嚼勁、QQ的。類似珍珠奶茶的珍珠，以及蒟蒻果凍等。

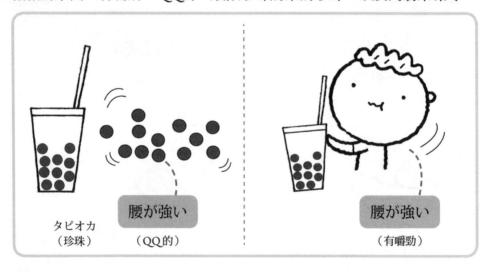

タピオカ　　　腰が強い
（珍珠）　　（QQ的）

腰が強い
（有嚼勁）

活用句

<small>さぬき　　　　こし　つよ</small>

讃岐うどんは 腰が強い。

讃岐烏龍麵QQ的、很有嚼勁。

250　腰が抜ける

原字義

腰　　　　　脱落

腰　が　抜ける

引申義

因為非常驚嚇或驚訝而站不起來。嚇軟。癱軟。常用「腰が抜けそうになった」（差一點就要驚嚇到癱軟）的形式，請參考下方活用句。

！！

かばん
鞄
（包包）

腰が抜ける
（驚嚇到癱軟）

ごうとう
強盗
（強盗）

活用句

びっくりして腰が抜けそうになった。

こし　ぬ

因為太吃驚了，差一點驚嚇到癱軟在地。

・びっくりして：是「びっくりする」（吃驚、驚嚇）的「て形」，此處表示「原因」。
・動詞＋そうになった：此處表示「差一點就要～，但是幸虧沒有」。動詞接續「そうになった」的原則，和接續「ます」一樣，怎麼樣接續「ます」，就怎麼樣接續「そうになった」。

251 様になる

原字義

（某種）樣子　變成
様　に　なる

引申義

變得有模有樣。

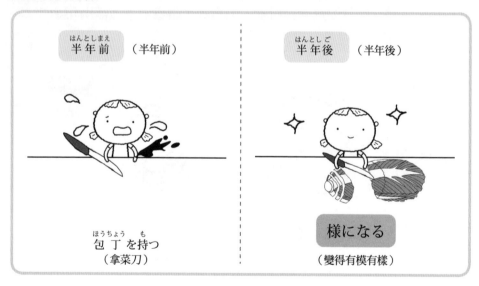

半年前　（半年前）

半年後　（半年後）

包丁を持つ
（拿菜刀）

様になる

（變得有模有樣）

活用句

包丁を持つ手が様になってきた。

拿菜刀的手，變得越來越有模有樣了。

・なって：是「なる」（變成）的「て形」。　　・動詞て形＋きた：此處表示「越來越～了」。

252 　三度目の正直
<small>さんどめ　　しょうじき</small>

原字義

引申義

第三次應該會出現好結果。

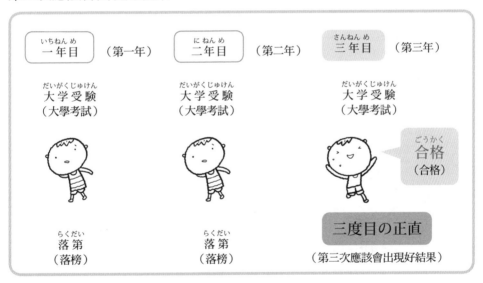

活用句

<small>こ と し</small>　　　<small>さん ど め</small>　　<small>しょうじき</small>
今年こそは 三度目の 正 直だ。

就是今年，第三次應該會出現好結果。

・だ：斷定的語氣。

253　三拍子揃う
さんびょうしそろ

原字義

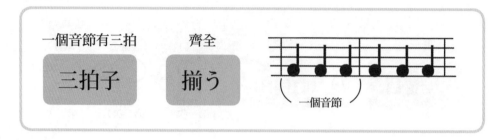

一個音節有三拍　三拍子

齊全　揃う

一個音節

引申義

重要的三個條件都很好。

1
頭が良い
あたま　よ
（頭腦好）

2
ハンサム
（長得帥）

3
スポーツマン
（運動全能）

三拍子揃う
（重要的三個條件都很好）

活用句

彼は 三拍子揃っている。
かれ　　　さんびょうしそろ

他重要的三個條件都很好。

・彼：他。　　・揃っている：是「揃う」（齊全）的「ている形」，此處表示「目前狀態」。

254 　舌が肥える
した　　こ

原字義

舌頭　　　　肥、胖

舌　が　肥える

引申義

吃得太好，營養過剩。講究口味，講究吃。

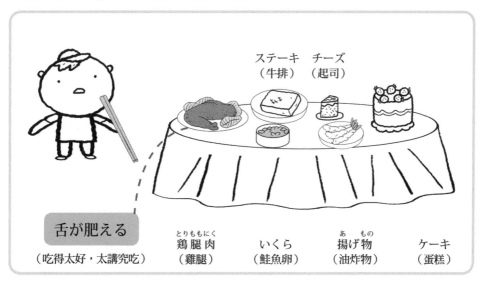

ステーキ　チーズ
（牛排）　（起司）

舌が肥える

（吃得太好，太講究吃）

とりももにく
鶏腿肉
（雞腿）

いくら
（鮭魚卵）

あ　もの
揚げ物
（油炸物）

ケーキ
（蛋糕）

活用句

げんだいじん　　　した　こ
現代人は 舌が肥えている。

現代人都很講究吃。

・肥えている：是「肥える」（肥、胖）的「ている形」，此處表示「目前狀態」。

273

255 舌を巻く
したま

原字義

舌頭　　　　捲起

舌　を　巻く

引申義

對別人所擁有的能力感到吃驚，受到衝擊。咋舌。讚嘆不已。

すごい！
（好厲害！）

カッコいい！
（好酷！）

天才だ！
てんさい
（真是天才！）

舌を巻く　（讚嘆不已）

活用句

プロ達も 舌を巻く。
たち　した　ま

專家們也會讚嘆不已。

・プロ達：專家們。　　・も：助詞，列舉某人事物也～。

256　尻が軽い

原字義

屁股　　　　　輕的

尻　が　軽い

0.001 KG

引申義

字面上的意思是「屁股很輕，不會一直坐在同一個地方」。形容女生談戀愛時，見一個愛一個，男朋友一個換過一個。

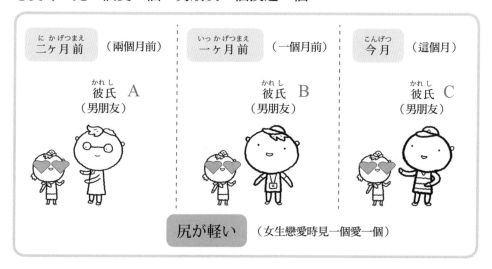

二ケ月前　（兩個月前）　　一ケ月前　（一個月前）　　今月　（這個月）

彼氏 A（男朋友）　　彼氏 B（男朋友）　　彼氏 C（男朋友）

尻が軽い　（女生戀愛時見一個愛一個）

活用句

彼女は 尻が軽い 女 だ。

她是個見一個愛一個的女生。

・彼女：她。　　・だ：斷定的語氣。

257　尻に火が付く

原字義

屁股　　　火　　　附著

尻　に　火　が　付く

引申義

形容事情狀況十分緊急，必須立即處理。意思類似中文的「事態緊急到火燒屁股」。

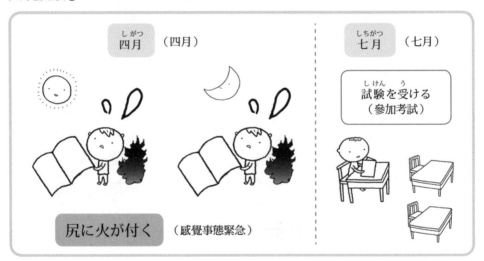

四月（四月）　　　　　　　　　　七月（七月）

試験を受ける
（參加考試）

尻に火が付く　（感覺事態緊急）

活用句

かれ　　　　　　しり　ひ　つ
彼も ついに 尻に火が付いた。

他很少會這樣，終於連他也感覺事態緊急、火燒屁股了。

・彼：他。　　・も：助詞，強調用法，表示「很少有這種事」。　　・ついに：終於。
・付いた：是「付く」（附著）的「た形」，此處表示「過去」。

258　雀の涙
<small>すずめ　　なみだ</small>

原字義

麻雀　　　　　眼涙

雀　の　涙

引申義

原意為麻雀的眼淚，用來比喻薪資極少、薪資非常微薄。

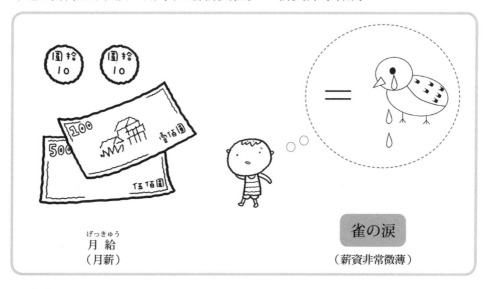

月給
（げっきゅう）
（月薪）

雀の涙
（薪資非常微薄）

活用句

雀の涙ほどの給料をもらっている。
<small>すずめ　なみだ　　　　きゅうりょう</small>

（每個月）都領像麻雀眼淚那樣的微薄薪水。

（（每個月）都領非常微薄的薪水。）

・ほど：助詞，像～那樣的。　　・給料：薪水。
・もらっている：是「もらう」（得到）的「ている形」，此處表示「經常性的行為」。

259 隅に置けない
<small>すみ　お</small>

原字義

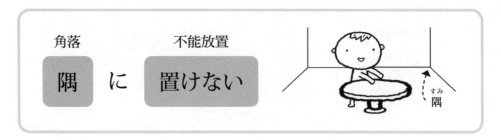

角落　　　　　不能放置

隅　に　置けない

すみ
隅

引申義

某人擁有令人意外的才能或豐富經驗。不可小看。不容輕視。

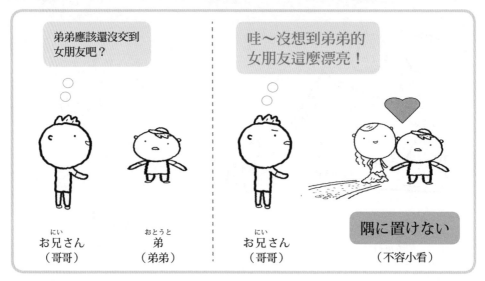

弟弟應該還沒交到
女朋友吧？

哇～沒想到弟弟的
女朋友這麼漂亮！

にい
お兄さん
（哥哥）

おとうと
弟
（弟弟）

にい
お兄さん
（哥哥）

隅に置けない

（不容小看）

活用句

あいつも 隅に置けない な。
<small>すみ　お</small>

那傢伙也不容小看啊。

・あいつ：那傢伙。　　・も：助詞，強調用法，表示「很意外」。　　・な：感嘆的語氣。

260 精<ruby>せい<rt></rt></ruby>が出<ruby>で<rt></rt></ruby>る

原字義

精力　　　　出來

精　が　出る

引申義

精力充沛，拼命努力工作。如果後面加上「ね」（請參考下方活用句），
則是工作上的加油打氣語，等於「您辛苦了」，是比較老式的說法。

pm 11:00

精<ruby>せい<rt></rt></ruby>が出<ruby>で<rt></rt></ruby>ますね。

（您辛苦了。）

しごと
仕事
（工作）

ざんぎょう
残業
（加班）

たいきん
退勤
（下班）

どうりょう
同僚
（同事）

活用句

精<ruby>せい<rt></rt></ruby>が出<ruby>で<rt></rt></ruby>ますね。

您辛苦了。

・出ます：是「出る」（出來）的「ます形」，語氣較有禮貌。　　・ね：感嘆的語氣。

279

261 背に腹はかえられない

原字義

背部		腹部		不能更換
背	に	腹	は	かえられない

引申義

不得已的狀況之下沒有其他辦法，只好做這個決定。

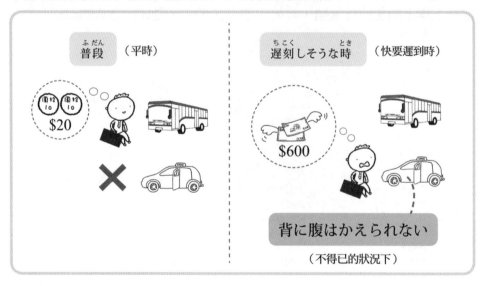

普段（平時）

遲刻しそうな時（快要遲到時）

$20

$600

背に腹はかえられない

（不得已的狀況下）

活用句

背に腹はかえられない ので タクシーに乗った。

因為不得已的狀況下搭了計程車。

・ので：助詞，因為～所以～。　・タクシー：計程車。　・交通工具＋に＋乗る：搭乘某種交通工具。
・乗った：是「乗る」（搭乘）的「た形」，此處表示「過去」。

262　血の滲むよう
（ち）（にじ）

原字義

血　　　　滲出來　　像是～

血　の　滲む　よう

引申義

【原意為】血積在裡面，都快要滲出來似的。
【引申為】比喻費盡心血努力。也可以說「血が滲むよう」。

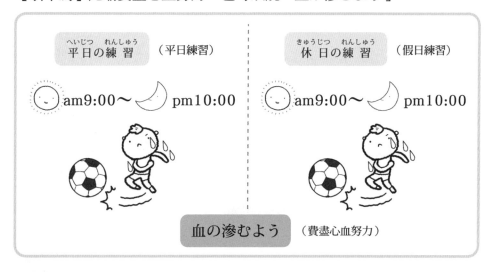

平日の練習（へいじつ　れんしゅう）　（平日練習）

am9:00～pm10:00

休日の練習（きゅうじつ　れんしゅう）　（假日練習）

am9:00～pm10:00

血の滲むよう　（費盡心血努力）

活用句

血の（が）滲むような練習をしている。
（ち）（にじ）（れんしゅう）

一直費盡心血努力練習。

・している：是「する」（做）的「ている形」，此處表示「經常性的行為」。

〈說明〉「血の滲むよう」的接續原則和「～ようだ」相同，屬於「な形容詞」的變化：
後面接續「名詞」時，「血の滲むよう＋な＋名詞」，後面接續「動詞」時，「血の滲むよう＋に＋動詞」

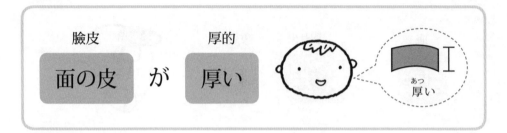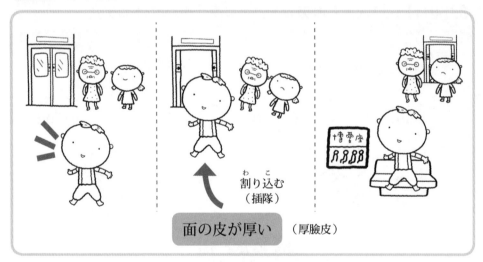

263 面の皮が厚い
つら かわ あつ

原字義

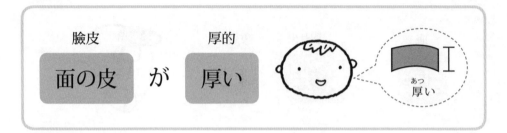

臉皮 厚的

面の皮 が 厚い

あつ
厚い

引申義

厚臉皮。厚顏無恥。

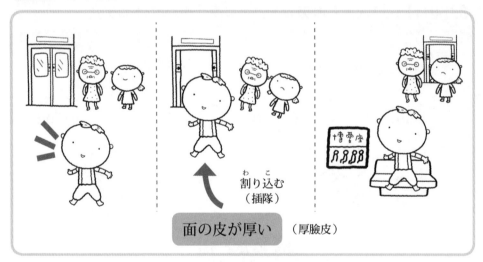

わ　こ
割り込む
（插隊）

面の皮が厚い （厚臉皮）

活用句

つら かわ あつ
面の皮が厚いやつだ。

厚臉皮的傢伙。

・やつ：傢伙。　　・だ：斷定的語氣。

264　手が付けられない

原字義

手

無法附著上

手　が　付けられない

引申義

讓人棘手的、難以處理的。

象
（大象）

檻に入れる
（關入柵欄）

飼育係
（飼育員）

手が付けられない

（讓人棘手的）

活用句

象は暴れると、飼育係でも手が付けられない。

大象一旦失控，即使是飼育員，也覺得大象讓人棘手。

・暴れる：胡鬧。　　・と：助詞，一旦～就會～。　　・飼育係：飼育員。
・でも：助詞，即使是～也～。

265　手も足も出ない

原字義

手　　　腳　　　不出來

| 手 | も | 足 | も | 出ない |

引申義

認真思考某個問題，卻怎麼也想不出解決的辦法，但至始至終都沒有放棄。什麼都不能做，無計可施，無能為力。一籌莫展。

銀行

社長室（しゃちょうしつ）
（社長辦公室）

銀行強盜（ぎんこうごうとう）
（銀行大盜）

人質（ひとじち）
（人質）

警察（けいさつ）
（警察）

手も足も出ない
（無計可施）

活用句

警察（けいさつ）も 手（て）も足（あし）も出（で）ない。

警察也一籌莫展、無計可施。

・も：助詞，列舉某人事物也～。

何処吹く風
どこふかぜ

原字義

哪裡　　吹、颳　　風

何処　　吹く　　風　　？

引申義

完全不受別人的言行舉止所影響。不在意。若無其事，完全不受影響。

我讀不下去啦！　　　受不了！

クラスメート
（同班同學）

何処吹く風
（完全不受影響）

活用句

その会社は 不況 も 何処吹く風 だ。
かいしゃ　　ふきょう　どこふかぜ

那間公司，不景氣也完全不受影響。

・その：那個。　　・会社：公司。　　・不況：不景氣。　　・も：助詞，列舉某人事物也～。
・だ：斷定的語氣。

267 泣きっ面に蜂
（な）（つら）（はち）

原字義

哭泣的臉　　　　蜜蜂

泣きっ面　に　蜂

引申義

禍不單行。雪上加霜。屋漏偏逢連夜雨。同義語是「弱り目に祟り目」。
（よわ）（め）（たた）（め）

レッカー移動される
（いどう）
（被拖吊）

事故
（じこ）
（車禍）

泣きっ面に蜂　（禍不單行）

活用句

本当に 泣きっ面に蜂だ。
（ほんとう）（な）（つら）（はち）

真的是禍不單行。

・本当に：真的是〜、實在是〜。　　・だ：斷定的語氣。

268 泣きを見る

原字義

哭泣　　　　遭遇

泣き を 見る

引申義

將來會面臨不幸的遭遇。將來會很慘。

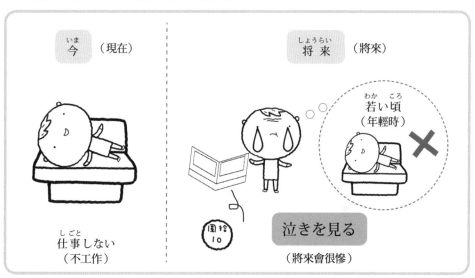

今（現在）　　　将来（將來）

若い頃（年輕時）

仕事しない（不工作）

泣きを見る

（將來會很慘）

活用句

後で泣きを見る。

以後會很慘。

・後：以後。　　・で：助詞，在某個時間範圍內。

269　二の次にする
（に　つぎ）

原字義

第二個、其次　　使～成為

二の次　に　する

いち
一

に
二

引申義

把不重要的事延後。其次。次要。第二。

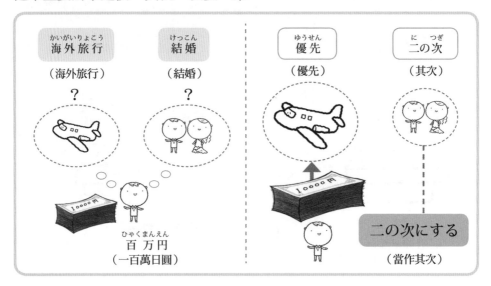

かいがいりょこう
海外旅行
（海外旅行）

けっこん
結婚
（結婚）

ゆうせん
優先
（優先）

に　つぎ
二の次
（其次）

ひゃくまんえん
百万円
（一百萬日圓）

二の次にする
（當作其次）

活用句

かんきょう ほ ご　ゆうせん　　　　りえき　に　つぎ
環境保護を優先し、利益を二の次にする。

把環境保護當作優先，把利益當作其次。

・～を優先する：把～當作優先。　　・～を二の次にする：把～當作其次。
・優先し：是「優先する」（優先）的「中止形」，此處表示「句中停頓」。

270 二の舞を演ずる
に まい えん

原字義

模仿安摩舞的雙人舞 | 表演

二の舞 を 演ずる

引申義

重複他人的失敗。重蹈覆轍。悲劇重演。

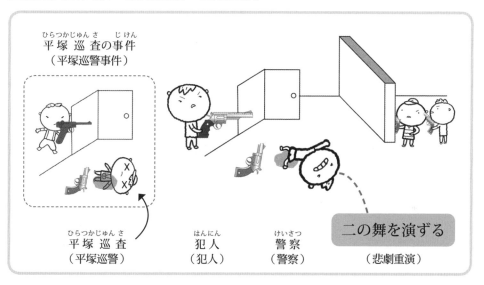

平塚巡査の事件
（平塚巡警事件）

平塚巡査
（平塚巡警）

犯人
（犯人）

警察
（警察）

二の舞を演ずる
（悲劇重演）

活用句

ひらつかじゅんさ に まい えん
平塚巡査の 二の舞を演ずる。

平塚巡警的悲劇會重演。

271 　睨みが利く
　　　にら　　き

原字義

瞪視 睨み　が　利く 起作用

引申義

有威嚴。能制服、壓過他人。

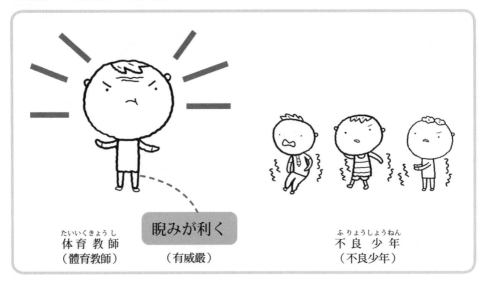

体育教師
たいいくきょうし
（體育教師）

睨みが利く
（有威嚴）

不良少年
ふりょうしょうねん
（不良少年）

活用句

新任の体育教師の睨みが利く。
しんにん　　たいいくきょうし　　にら　　き

新來的體育老師很有威嚴。

・新任：新到職。　　・某人＋の＋睨みが利く：某人很有威嚴。

〈補充〉在日本的公立國中，體育老師大多是很凶的。

272　糠に釘
ぬか　くぎ

原字義

米糠　釘子

糠　に　釘

引申義

原意指米糠上釘釘子。比喻沒用、無效。白費。徒勞。不起作用。同義語是「豆腐に 鎹 」。
とうふ　かすがい

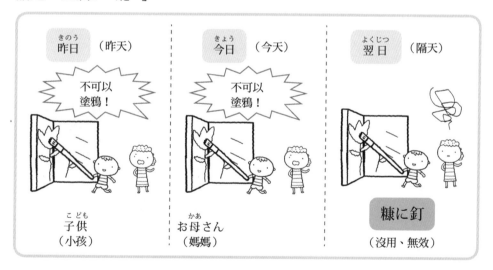

| きのう
昨日 （昨天） | きょう
今日 （今天） | よくじつ
翌日 （隔天） |

不可以塗鴉！　不可以塗鴉！

こども
子供
（小孩）　かあ
お母さん
（媽媽）　糠に釘
（沒用、無效）

活用句

ちゅう い　　　　ぬか　くぎ
注意しても 糠に釘だ。

即使警告也沒用。

・注意して：是「注意する」（警告）的「て形」。　　・動詞て形＋も：此處表示「即使做〜」。

微温湯につかる

（ぬるまゆ）

原字義

溫水　　　　　　　浸泡

微温湯　に　つかる

引申義

【原意為】在溫水裡泡澡，很舒服不想出來。
【引伸為】安於現狀。沒有刺激與快感，但也不想離開或改變的安逸狀態。

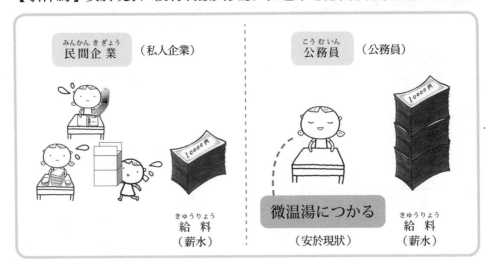

民間企業　（私人企業）
（みんかんきぎょう）

公務員　（公務員）
（こうむいん）

微温湯につかる
（安於現狀）

給料
（きゅうりょう）
（薪水）

給料
（きゅうりょう）
（薪水）

活用句

彼女は 微温湯につかっている。
（かのじょ）（ぬるまゆ）

她安於現狀。

・彼女：她。　・つかっている：是「つかる」（浸泡）的「ている形」，此處表示「目前狀態」。

濡れ衣を着せられる

ぬ　ぎぬ　き

 MP3 274

原字義

濡れ衣服

濡れ衣 を 被迫穿上 **着せられる**

引申義

被冤枉。冤罪。

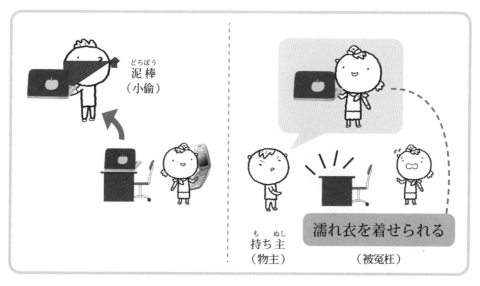

活用句

どろぼう　　ぬ　ぎぬ　き
泥棒の 濡れ衣を着せられてしまった。

被冤枉是小偷。

・着せられて：是「着せられる」（被迫穿上）的「て形」。
・〜の濡れ衣を着せられる：被冤枉是〜。
・動詞て形＋しまった：「動詞て形＋しまう」的「過去形」，此處表示「非預期中的結果」。

275　根が深い
（ね　ふか）

原字義

根　　　　　深的

根　が　深い

引申義

事情並非表面看來那麼單純，就像大樹的樹根盤根錯節，越往下挖，越錯綜複雜。也可以說「根の深い」。

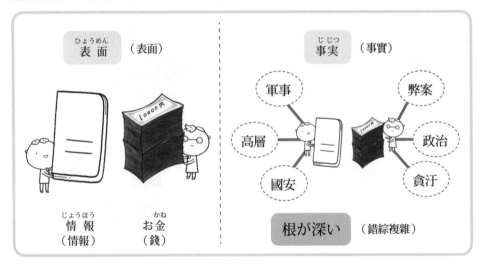

表面（ひょうめん）　（表面）

事実（じじつ）　（事實）

軍事

弊案

高層

政治

國安

貪汙

情報（じょうほう）（情報）　お金（かね）（錢）

根が深い　（錯綜複雑）

活用句

情報流出事件は 根が（の）深い 問題だ。
（じょうほうりゅうしゅつじけん　ね　ふか　もんだい）

情報外洩事件並非表面看來那麼單純，而是錯綜複雜的問題。

・だ：斷定的語氣。

276　猫を被る

_{ねこ}　_{かぶ}

原字義

貓　　　　戴上

猫　を　被る

引申義

形容女生裝出一副溫和乖巧的樣子。

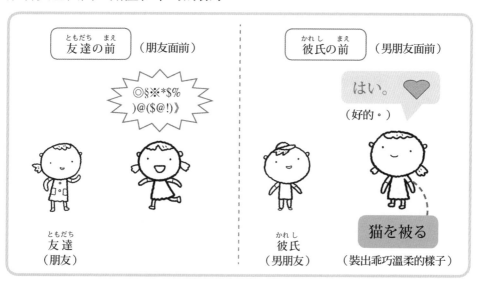

友達の前（朋友面前）
_{ともだち　まえ}

◎§※*$%)@($@!)》

友達（朋友）
_{ともだち}

彼氏の前（男朋友面前）
_{かれし　まえ}

はい。♥
（好的。）

彼氏（男朋友）
_{かれし}

猫を被る
（裝出乖巧溫柔的樣子）

活用句

あの 女 の子は いつも猫を被っている。
_{おんな}　_こ　　　　　_{ねこ}　_{かぶ}

那個女孩子總是裝出一副乖巧溫柔的樣子。

・あの：那個。　　・女の子：女孩子。
・被っている：是「被る」（戴上）的「ている形」，此處表示「經常性的行為」。

295

277　熱が冷める

原字義

熱度　　　　　變冷

熱　が　冷める

60度　　　20度

引申義

熱情退去。退燒。熱情降溫。

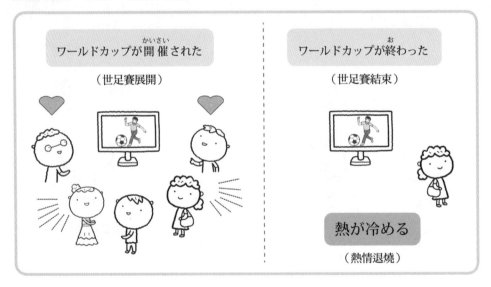

ワールドカップが開催された

（世足賽展開）

ワールドカップが終わった

（世足賽結束）

熱が冷める

（熱情退燒）

活用句

サッカーに対する熱が冷めてきた。

對於足球的熱情，越來越冷卻了。（對於足球的熱情，漸漸退燒了。）

・サッカー：足球。　　・に：助詞，表示「面對～、對於～」。　　・対する：對於。
・事物＋に＋対する：對於某事物。
・冷めて：是「冷める」（變冷）的「て形」。　　・動詞て形＋きた：此處表示「越來越～了」。

278 　熱<ruby>ねっ</ruby>に浮<ruby>う</ruby>かされる

原字義

熱度　　　　被〜弄得神智不清

熱 に **浮かされる**

引申義

十分著迷，甚至到了失去理性的狀態。著魔。熱衷。入迷。

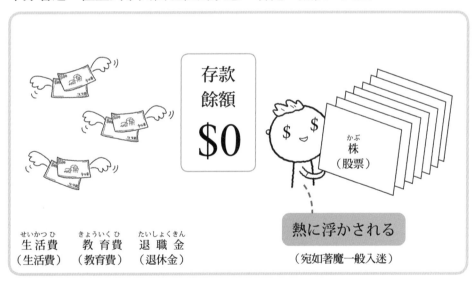

存款
餘額
$0

<ruby>かぶ</ruby>
株
（股票）

熱に浮かされる

<ruby>せいかつ ひ</ruby>　　<ruby>きょういく ひ</ruby>　　<ruby>たいしょくきん</ruby>
生活費　　教育費　　退職金
（生活費）　（教育費）　（退休金）

（宛如著魔一般入迷）

活用句

<ruby>かれ</ruby>は熱<ruby>ねっ</ruby>に浮<ruby>う</ruby>かされたように、株<ruby>かぶ</ruby>を買<ruby>か</ruby>いあさった。

他像著了魔一樣，到處購買股票。

・彼：他。　　・浮かされた：是「浮かされる」（被〜弄得神智不清）的「た形」，此處表示「過去」。
・ように：像〜一樣。
・買いあさった：是「買いあさる」（到處購買）的「た形」，此處表示「過去」。

297

279 根も葉もない
<small>ね　は</small>

原字義

根		葉子		沒有
根	も	葉	も	ない

引申義

不知道從那裡知道的事。空穴來風。毫無根據。

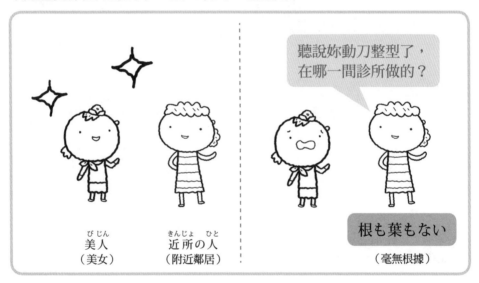

聽說妳動刀整型了，在哪一間診所做的？

美人<small>（びじん）</small>（美女）　　近所の人<small>（きんじょ ひと）</small>（附近鄰居）

根も葉もない（毫無根據）

活用句

根も葉もない 噂 を 立てられた。
<small>ね　は　　　　うわさ　　た</small>

被散播了毫無根據的謠言。

・噂：謠言、傳聞。
・立てられた：是「立てる」（散播）的「被動形（立てられる）的た形」，此處表示「過去被～」。

280 　喉から手が出る
のど　　て　で

原字義

喉嚨（表示經由點的助詞）手（表示主語的助詞）伸出來

| 喉 | から | 手 | が | 出る |

引申義

字面上的意思是「手從喉嚨伸出來」。比喻非常想要的樣子。

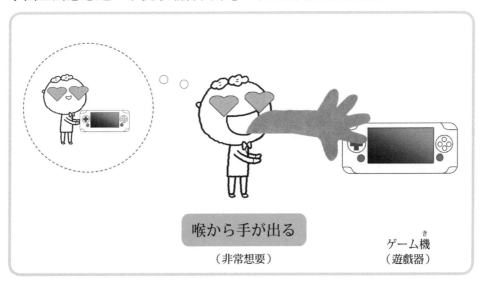

喉から手が出る
（非常想要）

ゲーム機
き
（遊戲器）

活用句

のど　　て　で
喉から手が出るほど ほしい。

像手從喉嚨伸出來般那樣，很想要。（較自然的中譯：非常想要。）

・ほど：助詞，像～那樣的。　　・ほしい：想要。

281 鼻が高い
_{はな} _{たか}

原字義

鼻子 高的

鼻 が 高い

引申義

十分得意的樣子。驕傲。洋洋得意。

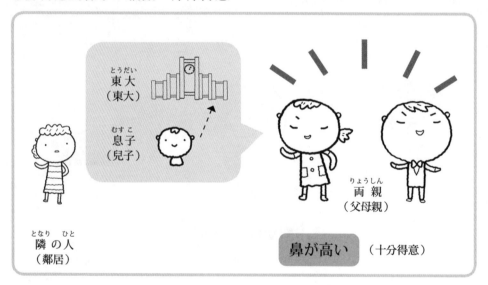

東大（東大）
_{とうだい}

息子（兒子）
_{むすこ}

両親（父母親）
_{りょうしん}

隣の人（鄰居）
_{となり} _{ひと}

鼻が高い （十分得意）

活用句

両親は 鼻が高い。
_{りょうしん} _{はな} _{たか}

父母親十分得意。

282　鼻が曲がる

<ruby>鼻<rt>はな</rt></ruby>が<ruby>曲<rt>ま</rt></ruby>がる

原字義

鼻子
鼻

彎曲
曲がる

引申義

字面上的意思是「鼻子歪了」。用來形容味道很臭，難聞的不得了。惡臭撲鼻。

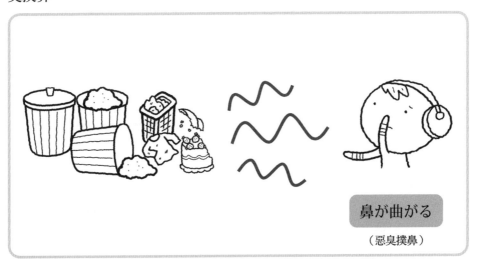

鼻が曲がる

（惡臭撲鼻）

活用句

<ruby>鼻<rt>はな</rt></ruby>が<ruby>曲<rt>ま</rt></ruby>がるほど<ruby>臭<rt>くさ</rt></ruby>い。

像鼻子要歪了那樣的臭。（較自然的中譯：臭到難聞的不得了。）

・ほど：助詞，像～那樣的。　・臭い：臭的。

301

283 鼻^{はな}につく

原字義

鼻子　　　　　附著

| 鼻 | に | つく |

引申義

形容某種味道很特殊，味道很濃，馬上就聞到。同義語是「鼻をつく」。

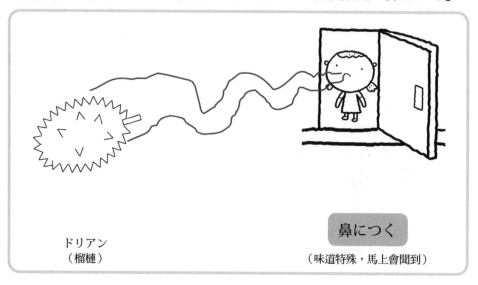

ドリアン
（榴槤）

鼻につく

（味道特殊，馬上會聞到）

活用句

においが 鼻^{はな}につく。

味道很特殊，一下子就會聞到。

・におい：味道。　　・が：助詞，表示「主語」。

284　鼻の先
<small>はな　さき</small>

原字義

鼻子　前端

鼻　の　先

さき
先

引申義

不遠的距離。

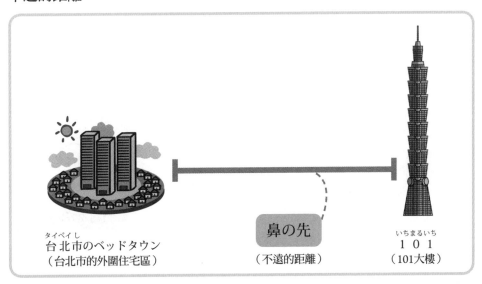

タイペイし
台北市のベッドタウン
（台北市的外圍住宅區）

鼻の先

（不遠的距離）

いちまるいち
１０１
（101大樓）

活用句

タイペイし　はな　さき
台北市は 鼻の先だ。

距離台北市不遠。

・だ：斷定的語氣。

285　羽目を外す
はめ　を　はず

原字義

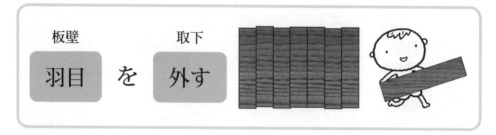

板壁　羽目　を　取下　外す

引申義

開心過了頭。過於得意忘形。過分。盡情。盡興。

しゅくがかい
祝 賀会
（慶功宴）

しゅくがかい　お　　あと
祝 賀会が終わった後
（慶功宴結束後）

けいさつ
警察
（警察）

羽目を外す
（過於得意忘形）

活用句

羽目を外しすぎて 飲酒運転で捕まった。
はめ　はず　　　　　　いんしゅうんてん　つか

因為過於得意忘形，所以因酒駕被逮捕。

・動詞＋すぎる：此處表示「太過於～」。動詞接續「すぎる」的原則，和接續「ます」一樣，怎麼樣接
　續「ます」，就怎麼樣接續「すぎる」。　　・飲酒運転：酒駕。
・外しすぎて：是「外す＋すぎる」（外しすぎる）（太過於取下～）的「て形」，此處表示「原因」。
・で：助詞，因為～。　　・捕まった：是「捕まる」（被逮捕）的「た形」，此處表示「過去」。

286　腹が黒い

（はら　くろ）

原字義

心
腹

が

黒的
黒い

引申義

以前指「心術不正的人」，多用於形容政治人物、企業家。現在則指「人格上有缺失，外表看來無害但內心卻可怕、骯髒」的人，除了形容政治人物、企業家，也可以形容一般人。慣用句中的「が」可以省略。

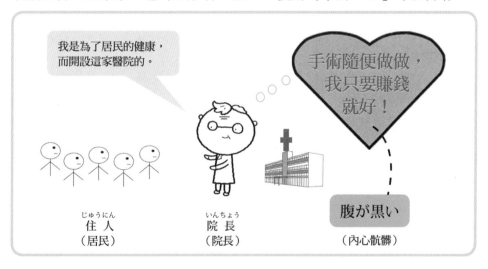

我是為了居民的健康，而開設這家醫院的。

手術隨便做做，我只要賺錢就好！

住人（じゅうにん）
（居民）

院長（いんちょう）
（院長）

腹が黒い
（內心骯髒）

活用句

あの院長 は 腹が黒い。

（いんちょう）（はら　くろ）

那個院長內心骯髒，外表完全看不出來。

・あの：那個。

287　火がつく

原字義

火　　　　附著

| 火 | が | つく |

引申義

比喻發生騷動、糾紛，感覺像著火一樣。

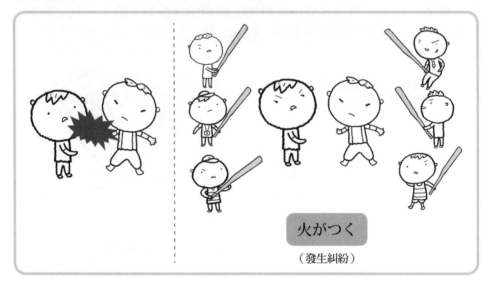

火がつく

（發生糾紛）

活用句

抗争に 火がついた。
（こうそう）（ひ）

在各派鬥爭上，引發了糾紛。（引發了鬥爭。）

・抗争：（各派）鬥爭。要注意並非指中文的「抗爭」。　　・～＋に＋火がつく：在～引發糾紛。
・ついた：是「つく」（附著）的「た形」，此處表示「過去」。

288 　一溜まりもない
（ひと　た）

原字義

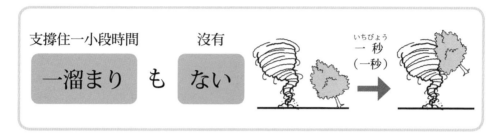

支撐住一小段時間		沒有
一溜まり	も	ない

一秒（いちびょう）
（一秒）

引申義

即使時間很短，也撐不下去。撐不了多久，馬上垮掉。

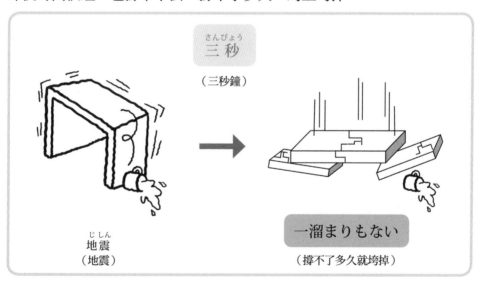

三秒（さんびょう）
（三秒鐘）

地震（じしん）
（地震）

一溜まりもない

（撐不了多久就垮掉）

活用句

地震（じしん）が 来（き）たら、 一溜（ひと た）まりもない。

如果地震來的話，撐不了多久就會垮掉。

・来（き）た：是「来（く）る」（來）的「た形」。　　・動詞た形＋ら：此處表示「如果做～的話」。

289　火花を散らす
ひ　ばな　　　ち

原字義

火花　　　　　　　　四散

火花　を　散らす

引申義

戰況激烈。刀刃相向。

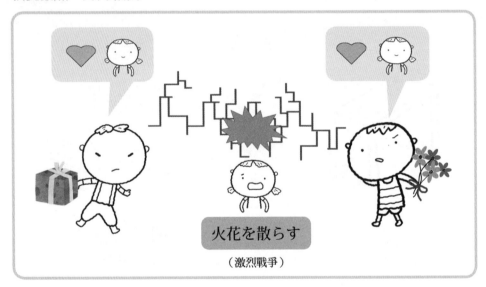

火花を散らす

（激烈戰爭）

活用句

ふたり　　おとこ　　　　ひばな　　ち
二人の男が火花を散らしている。

兩個男人引發激烈戰爭。

・二人：兩個人。　　・男：男人。
・散らしている：是「散らす」（四散）的「ている形」，此處表示「目前狀態」。

290　ピンからキリまで

原字義

第一個、最好　（從～）　最後、最差（到～為止）　　ピン（最好）　　　キリ（最差）

ピン　から　キリ　まで

引申義

從開始到結束。從第一到最後。從最好到最差。

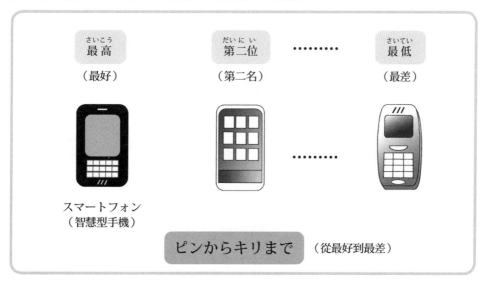

さいこう 最高		だいにい 第二位		さいてい 最低
（最好）		（第二名）		（最差）

スマートフォン
（智慧型手機）

ピンからキリまで　（從最好到最差）

活用句

けいたいでん わ
携帯電話は ピンからキリまで ある。

手機從最好到最差的都有。

・携帯電話：手機。　　・ある：有。

291　袋の鼠
ふくろ　　ねずみ

原字義

袋子　　　　老鼠

袋　の　鼠

引申義

原意為袋中鼠，比喻無法脫逃的狀態。甕中之鱉。囊中物。

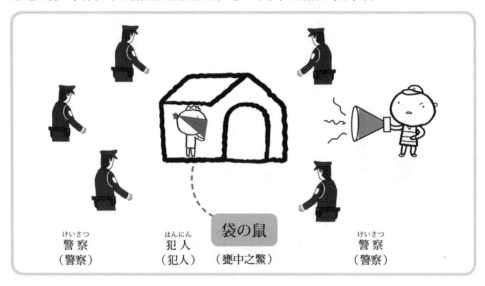

けいさつ
警 察
（警察）

はんにん
犯 人
（犯人）

袋の鼠
（甕中之鱉）

けいさつ
警 察
（警察）

活用句

まえ　　　　　ふくろ　ねずみ
お前は もう 袋 の 鼠 だ。

你已經是囊中物，跑不掉了。

・お前：對不需要客氣的對方稱「你」時使用，是比較不客氣的說話方式。　　・もう：已經。
・だ：斷定的語氣。

310

292　懐が寂しい

ふところ　さび

原字義

懐、胸　　空虚

懐　が　寂しい

ふところ
懐

沒有
東西

引申義

手頭吃緊。個人經濟狀況吃緊。

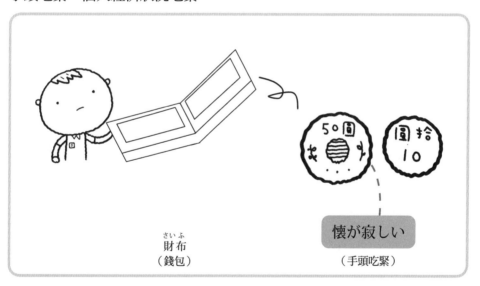

さいふ
財布
（錢包）

懐が寂しい

（手頭吃緊）

活用句

いま　ふところ　さび
今は　懐が寂しい。

現在手頭吃緊。

・今：現在。

293　平行線をたどる
へいこうせん

原字義

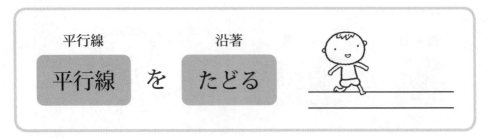

平行線　　　　　沿著

平行線　を　たどる

引申義

雙方談話處於對立的立場，無法取得一致的共識。

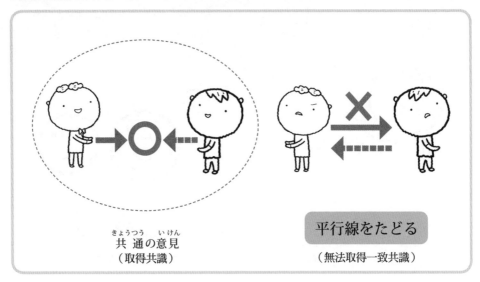

共通の意見
きょうつう　いけん
（取得共識）

平行線をたどる

（無法取得一致共識）

活用句

交渉は平行線をたどっている。
こうしょう　　へいこうせん

談判無法取得一致的共識。

・交渉：談判。　・たどっている：是「たどる」（沿著）「ている形」，此處表示「目前狀態」。

294　頬が落ちる
ほお　お

原字義

臉頰　　　掉下來

頬　が　落ちる

引申義

原意為臉頰掉下來。用來比喻非常好吃。

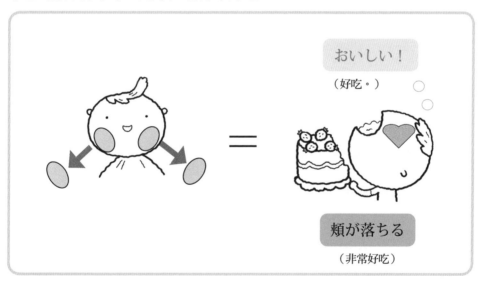

おいしい！

（好吃。）

＝

頬が落ちる

（非常好吃）

活用句

頬が落ちるほど おいしい。
ほお　お

像臉頰要掉下來那樣的好吃。（非常好吃。）

・ほど：助詞，像～那樣的。

295　骨<ruby>ほね</ruby>が折<ruby>お</ruby>れる

原字義

骨頭　　折斷

骨　が　折れる

引申義

很辛苦。費力氣。吃力。困難。棘手。

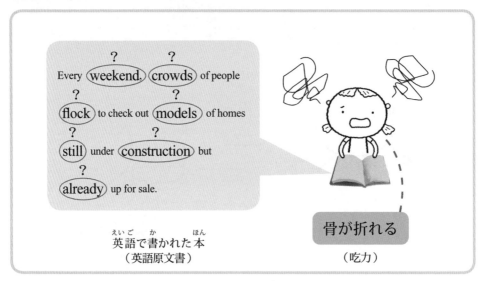

Every weekend, crowds of people
flock to check out models of homes
still under construction but
already up for sale.

英語<ruby>えいご</ruby>で書<ruby>か</ruby>かれた本<ruby>ほん</ruby>
（英語原文書）

骨が折れる

（吃力）

活用句

理解<ruby>りかい</ruby>するのは骨<ruby>ほね</ruby>が折<ruby>お</ruby>れる。

要看懂內容，很吃力。

・理解する：了解、理解。　・の：形式名詞，「動詞」後面接續「助詞」時，動詞＋の＋助詞。
・は：助詞，表示「主題」。

296　眉を顰める

まゆ　ひそ

原字義

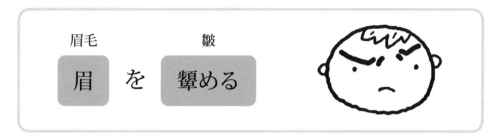

眉毛　　　　　　顰

眉　を　顰める

引申義

顰眉頭。蹙眉。

手紙
（信）
てがみ

眉を顰める
（顰眉頭）

活用句

社長は眉を顰めた。

しゃちょう　まゆ　ひそ

社長顰起了眉頭。

・顰めた：是「顰める」（顰）的「た形」，此處表示「過去」。

315

297 　水を打ったよう

みず　　　う

原字義

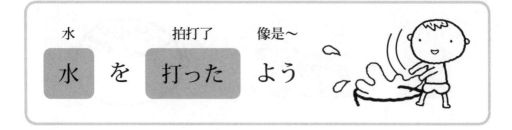

水		拍打了	像是～
水	を	打った	よう

引申義

鴉雀無聲。

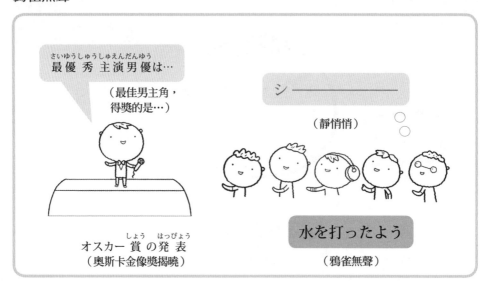

最優秀 主演男優は…
さいゆうしゅうしゅえんだんゆう

（最佳男主角，
得獎的是…）

（靜悄悄）

オスカー 賞 の発表
しょう　はっぴょう
（奧斯卡金像獎揭曉）

水を打ったよう

（鴉雀無聲）

活用句

会場は水を打ったような静けさだ。

かいじょう　　　みず　　う　　　　　　　しず

會場鴉雀無聲，靜悄悄。

・静けさ：安靜。　　・だ：斷定的語氣。

〈說明〉「水を打ったよう」的接續原則和「～ようだ」相同，屬於「な形容詞」的變化：
後面接續「名詞」時，「水を打ったよう＋な＋名詞」，後面接續「動詞」時，「水を打ったよう＋に＋動詞」

298　耳が痛い

原字義

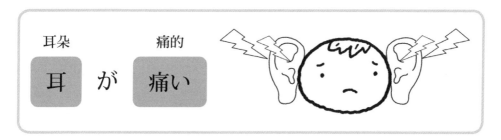

耳朵　　　痛的
耳　が　痛い

引申義

聽到別人說自己的缺點、短處時，聽起來感覺很刺耳。不愛聽。

你的薪水很少！

妻（妻子）　つま
夫（丈夫）　おっと
耳が痛い（聽起來感覺很刺耳）

活用句

言われる と 耳が痛い。

一被說，就聽起來覺得很刺耳。

・言われる：是「言う」（說）的「被動形」，此處表示「被～」。　・と：助詞，一旦～就會～。

299 耳が早い
みみ はや

原字義

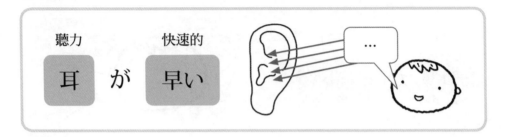

聽力　快速的

耳　が　早い

引申義

消息靈通。

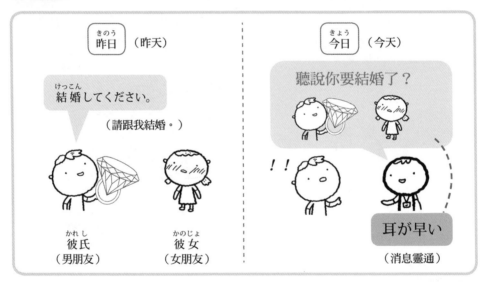

活用句

耳が早いね。
みみ はや

消息真靈通呀！

・ね：意外的語氣。

300 　耳に障る
みみ　　さわ

原字義

耳朵　　　　　有害

耳　に　障る

ひゃくさんじゅう
１３０デシベル
（130分貝）

引申義

聽了覺得好煩。刺耳。

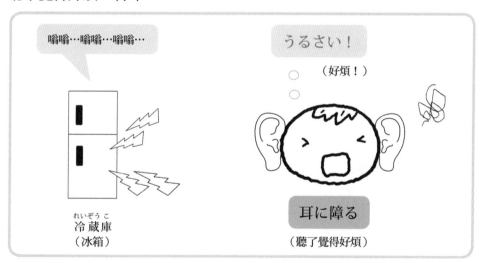

嗡嗡…嗡嗡…嗡嗡…

うるさい！
（好煩！）

れいぞうこ
冷蔵庫
（冰箱）

耳に障る
（聽了覺得好煩）

活用句

れいぞうこ　　おと　　みみ　　さわ
冷蔵庫の音 が 耳に障る。

冰箱的聲音聽了覺得好煩。

301　耳^{みみ}にたこができる

耳<ruby>耳<rt>みみ</rt></ruby>にたこができる

原字義

耳朵		繭		形成、出現
耳	に	たこ	が	できる

引申義

相同的話聽了好多遍，聽膩了。

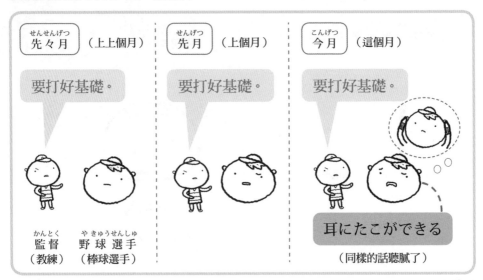

せんせんげつ 先々月　（上上個月）	せんげつ 先月　（上個月）	こんげつ 今月　（這個月）
要打好基礎。	要打好基礎。	要打好基礎。

かんとく
監督
（教練）

やきゅうせんしゅ
野球選手
（棒球選手）

耳にたこができる

（同樣的話聽膩了）

活用句

耳<ruby>耳<rt>みみ</rt></ruby>にたこができるほど説<ruby>説教<rt>せっきょう</rt></ruby>されている。

像耳朵都要長繭了，相同的話聽了好幾遍那樣，被訓話。

・ほど：助詞，像～那樣的。
・説教されている：是「説教する」（訓話）的「被動形（説教される）的ている形」，此處表示「經常被～的行為」。

302 耳に付く
みみ つ

原字義

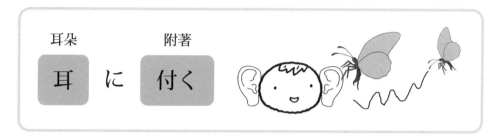

耳朵　　　　附著

| 耳 | に | 付く |

引申義

耳朵聽到令人注意的話，聽了之後忘不掉。

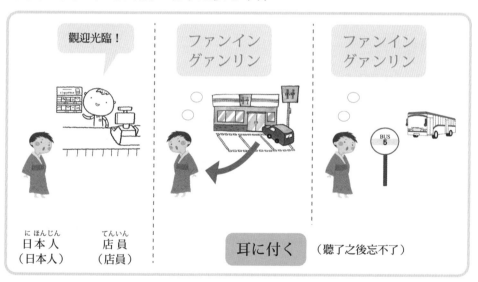

觀迎光臨！

ファンイン
グァンリン

ファンイン
グァンリン

日本人　　　店員
にほんじん　　てんいん
（日本人）　（店員）

耳に付く　　（聽了之後忘不了）

活用句

言葉が 耳に付く。
ことば　　みみ つ

話語聽了之後忘不掉。

・言葉：話語。

303　耳を疑う
（みみ　うたが）

原字義

耳朵　　　懷疑

耳　を　疑う

引申義

懷疑自己的耳朵聽錯。

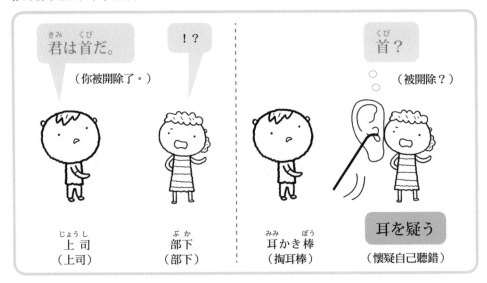

君は首だ。
（きみ　くび）

！？

（你被開除了。）

首？
（くび）

（被開除？）

上司（じょうし）
（上司）

部下（ぶか）
（部下）

耳かき棒（みみ　ぼう）
（掏耳棒）

耳を疑う

（懷疑自己聽錯）

活用句

聞いて 耳を疑った。
（き　みみ　うたが）

聽到之後還懷疑是自己聽錯了。

・聞いて：是「聞く」（聽）的「て形」，此處表示「做～之後」。
・疑った：是「疑う」（懷疑）的「た形」，此處表示「過去」。

304　耳を揃える

みみ　そろ

原字義

（麵包、紙鈔…等的）
邊邊　　　　　弄整齊

耳　を　揃える

1000 円
1000 円
10000 円

お札の耳（紙鈔的邊邊）
さつ　みみ

引申義

一毛不差。一塊錢不少。湊齊。

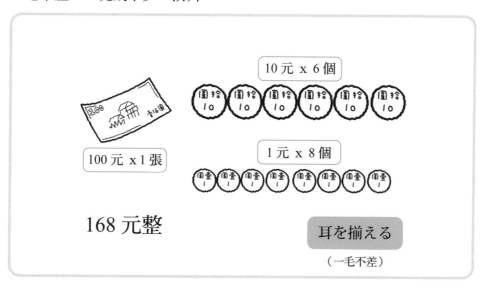

10 元 x 6 個

圓拾 10 × 6

100 元 x 1 張

1 元 x 8 個

圓壹 1 × 8

168 元整

耳を揃える

（一毛不差）

活用句

耳を揃えて 返してください。

みみ　そろ　　かえ

請一毛不差的歸還。

・揃えて：是「揃う」（弄整齊）的「て形」，此處表示「描述狀態」。
・返して：是「返す」（歸還）的「て形」。　　・動詞て形＋ください：此處表示「請做～」。

305 脈<ruby>脈<rt>みゃく</rt></ruby>がある

原字義

脈搏　　有

脈　が　ある

碰碰

引申義

有希望。

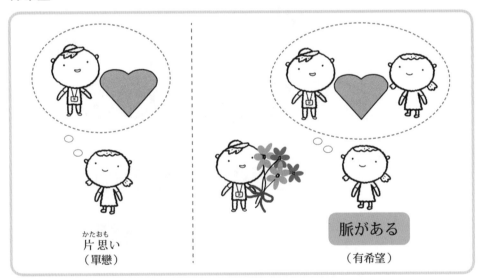

<ruby>片思い<rt>かたおも</rt></ruby>
（單戀）

脈がある

（有希望）

活用句

<ruby>脈<rt>みゃく</rt></ruby>がある と <ruby>思<rt>おも</rt></ruby>った。

覺得有希望。

・と：助詞，前面接「所覺得的內容」。　・思った：是「思う」（覺得）的「た形」，此處表示「過去」。

306　実を結ぶ

み　むす

原字義

果實　　　　結成

実　を　結ぶ

引申義

顯現出努力的成果。成功。實現。開花結果。

追いかける
（追求）

実を結ぶ
（開花結果）

活用句

どりょく　　み　むす

努力が 実を結んだ。

努力開花結果了。

・結んだ：是「結ぶ」（結成）的「た形」，此處表示「過去」。

MP3 307

307 虫(むし)がいい

原字義

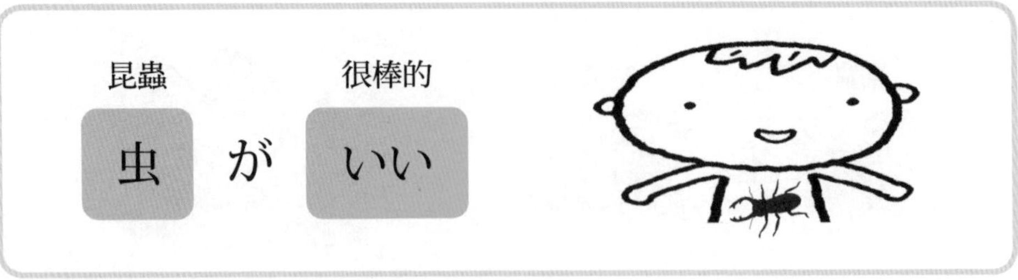

昆蟲
很棒的
虫
が
いい

引申義

只重視自己的事，完全不管、不在意別人的事。只顧自己方便 。

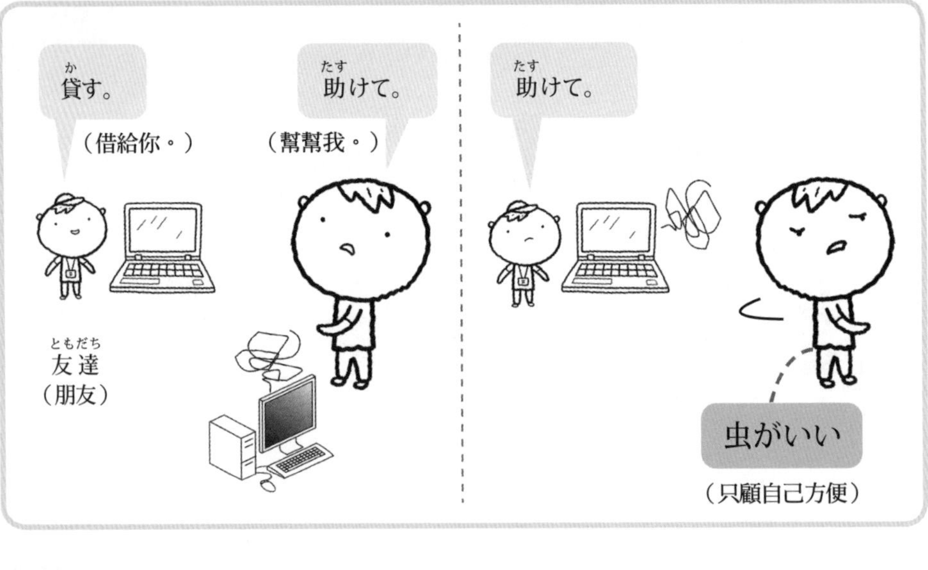

貸(か)す。
（借給你。）
助(たす)けて。
（幫幫我。）
友達(ともだち)
（朋友）
助(たす)けて。
虫がいい
（只顧自己方便）

活用句

そんな虫(むし)がいい考(かんが)え方(がた)ではいけない。

不可以有那種只顧自己方便的想法。

・そんな：那種。　・考え方：想法。　・名形＋では：是～的話。
・いけない：不可以、不行。　・～ではいけない：不可以～、不行～。

　胸<ruby>胸<rt>むね</rt></ruby>に<ruby>秘<rt>ひ</rt></ruby>める

原字義

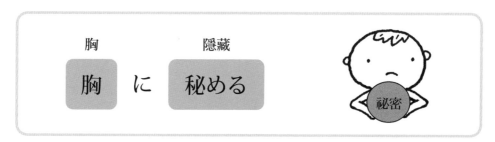

胸　　　　　隱藏

胸 に **秘める**

祕密

引申義

從沒對任何人說過、深藏在內心的事。藏在心裡。

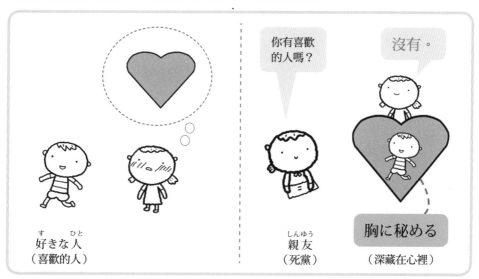

<ruby>好<rt>す</rt></ruby>きな<ruby>人<rt>ひと</rt></ruby>
（喜歡的人）

你有喜歡
的人嗎？

沒有。

<ruby>親友<rt>しんゆう</rt></ruby>
（死黨）

胸に秘める

（深藏在心裡）

活用句

<ruby>胸<rt>むね</rt></ruby>に<ruby>秘<rt>ひ</rt></ruby>めた<ruby>想<rt>おも</rt></ruby>い を <ruby>告白<rt>こくはく</rt></ruby>する。

坦白說出藏在心裡的想法。

・秘めた：是「秘める」（隱藏）的「た形」，後面接續「名詞」，用來「修飾名詞」。
・想い：想法。　・告白する：坦白。

309　胸を張る
<small>むね は</small>

原字義

胸　　　　　　挺起

胸　を　張る

引申義

挺起胸膛，很有信心的樣子。

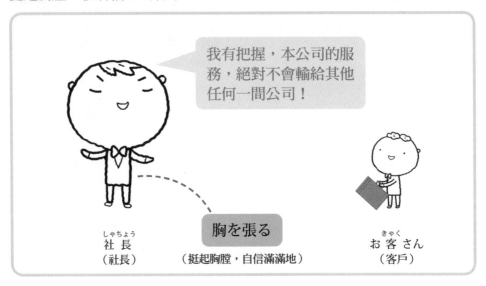

我有把握，本公司的服務，絕對不會輸給其他任何一間公司！

しゃちょう
社長
（社長）

胸を張る
（挺起胸膛，自信滿滿地）

きゃく
お客さん
（客戶）

活用句

「負けない」と胸を張っている。
<small>ま　　　　　　　むね は</small>

挺起胸膛，自信滿滿地說：「不會輸的。」

・負けない：是「負ける」（輸）的「ない形」，此處表示「現在否定」。
・と：助詞，前面接「所說的內容」。
・張っている：是「張る」（挺起）的「ている形」，此處表示「目前狀態」。

310　目が眩む
<ruby>目<rt>め</rt></ruby> <ruby>眩<rt>くら</rt></ruby>

原字義

眼睛　　　　眩暈

目　が　眩む

引申義

原意為看到亮亮的東西很刺眼，感到頭昏眼花、暈眩。引伸為被金錢所迷惑，導致腦筋不清楚。

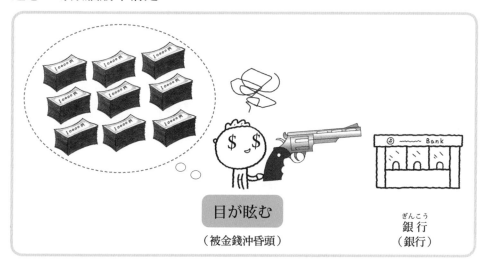

目が眩む
（被金錢沖昏頭）

<ruby>銀行<rt>ぎんこう</rt></ruby>
（銀行）

活用句

<ruby>彼<rt>かれ</rt></ruby>は <ruby>金<rt>かね</rt></ruby>に <ruby>目<rt>め</rt></ruby>が <ruby>眩<rt>くら</rt></ruby>んだ。

他被金錢沖昏了頭。

・彼：他。　　・金：金錢。　　・に：助詞，表示「對於～、面對～」。
・～に目が眩む：被～沖昏頭。　　・眩んだ：是「眩む」（眩暈）的「た形」，此處表示「過去」。

311　目<ruby>目<rt>め</rt></ruby>が<ruby>冴<rt>さ</rt></ruby>える

原字義

眼晴　　　　　　清醒

目　が　**冴える**

引申義

形容睡不著時，眼神很清醒，很有精神，睡不著的樣子。

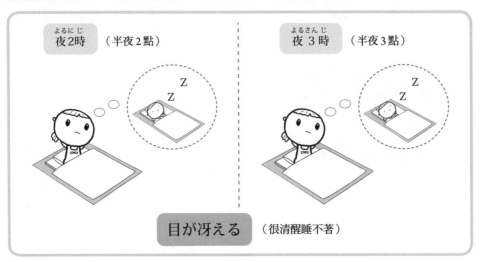

<ruby>夜<rt>よる</rt></ruby><ruby>2<rt>に</rt></ruby><ruby>時<rt>じ</rt></ruby>（半夜2點）

<ruby>夜<rt>よる</rt></ruby><ruby>3<rt>さん</rt></ruby><ruby>時<rt>じ</rt></ruby>（半夜3點）

目が冴える　（很清醒睡不著）

活用句

<ruby>目<rt>め</rt></ruby>が<ruby>冴<rt>さ</rt></ruby>えて <ruby>眠<rt>ねむ</rt></ruby>れない。

很清醒無法入睡。

・冴えて：是「冴える」（清醒）的「て形」，此處表示「描述狀態」。
・眠れない：是「眠る」（睡覺）的「可能形（眠れる）的否定形」，此處表示「不可以做〜、不能夠做〜」。

312　芽が出る
<small>め　で</small>

原字義

芽　（冒）出來

芽　が　出る

引申義

幸運降臨，成功的開始。出名。出頭。發跡。

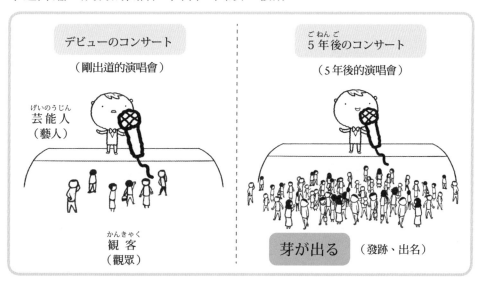

デビューのコンサート

（剛出道的演唱會）

５年後のコンサート
<small>ご ねん ご</small>

（５年後的演唱會）

芸能人
<small>げいのうじん</small>
（藝人）

観客
<small>かんきゃく</small>
（觀眾）

芽が出る　（發跡、出名）

活用句

あの芸能人は やっと芽が出た。
<small>げいのうじん　　　　　め　で</small>

那個藝人終於熬出頭了。

・あの：那個。　　・芸能人：藝人。　　・やっと：終於。

・出た：是「出る」（（冒）出來）的「た形」，此處表示「過去」。

313　目_めが無_ない

原字義

眼睛　　沒有

目　が　**無い**

引申義

非常喜歡某種事物，著迷到了完全無法思考的地步。就像整顆心被奪走似的無法抗拒，很喜歡那樣東西。

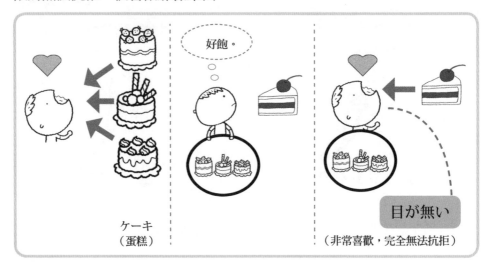

好飽。

ケーキ
（蛋糕）

目が無い

（非常喜歡，完全無法抗拒）

活用句

甘_{あま}いもの に 目_めが無_ない。

對甜食完全無法抗拒。

・甘い：甜的。　　・もの：食物。　　・に：助詞，表示「對於～、面對～」。
・～に目が無い：對～完全無法抵抗。

314　目が早い
<ruby>目<rt>め</rt></ruby>が<ruby>早<rt>はや</rt></ruby>い

原字義

視線　目

快速的　早い

一<ruby>瞬<rt>いっしゅん</rt></ruby>
（一瞬間）

引申義

很快的就發現。很快注意到。眼睛的敏銳度高。眼尖。

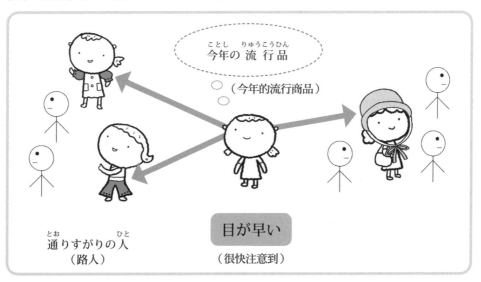

<ruby>今年<rt>ことし</rt></ruby>の<ruby>流行品<rt>りゅうこうひん</rt></ruby>

（今年的流行商品）

<ruby>通<rt>とお</rt></ruby>りすがりの<ruby>人<rt>ひと</rt></ruby>
（路人）

目が早い

（很快注意到）

活用句

<ruby>最近<rt>さいきん</rt></ruby>の<ruby>女子高生<rt>じょしこうせい</rt></ruby>は <ruby>流行品<rt>りゅうこうひん</rt></ruby>に<ruby>目<rt>め</rt></ruby>が<ruby>早<rt>はや</rt></ruby>い。

最近的高中女生很快就會注意到流行商品。

・女子高生：高中女生。　　　・に：助詞，表示「對於～、面對～」。
・～に目が早い：對～很快注意到。

315 目が光る

原字義

眼睛　　　發光

目　が　光る

引申義

聽到某個好主意後眼睛為之一亮，心中浮現肯定與讚賞。（強調的是心裡的肯定與讚賞，並非眼神流露出的讚賞。）

我不知道該
怎麼求婚…

いいアイデア！

（好主意！）

ともだち
友達
（朋友）

目が光る

（眼睛一亮，大感讚賞）

活用句

かれ　　　　　はなし　き　　　　め ひか
彼は その 話 を 聞いて 目が光った。

他因為聽到那段話，眼睛為之一亮，大感讚賞。

・彼：他。　　・その：那個。　　・話：談話內容。
・聞いて：是「聞く」（聽）的「て形」，此處表示「原因」。
・光った：是「光る」（發光）的「た形」，此處表示「過去」。

316　目が回る
（め）（まわ）

原字義

眼睛　　　旋轉

目　が　回る

引申義

腦筋一直不停地裝東西進去，於是感到頭昏眼花，暈頭轉向。比喻非常忙碌的樣子。

はい、
はい。
（是、是。）

仕事
（しごと）
（工作）

目が回る

（忙到頭昏眼花）

活用句

昨日は 目が回るほど 忙しかった。
（きのう）（め）（まわ）（いそが）

昨天就像眼睛在旋轉那樣的忙碌。（昨天忙到頭昏眼花。）

・昨日：昨天。　　・ほど：助詞，像〜那樣的。
・忙しかった：是「忙しい」（忙碌的）的「た形」，此處表示「過去」。

335

317 目と鼻の先
_め _{はな} _{さき}

原字義

眼睛 鼻子 前方

目 と 鼻 の 先

引申義

形容距離很近。非常近。近在咫尺。是比「鼻の先」更強調的用法。
_{はな} _{さき}

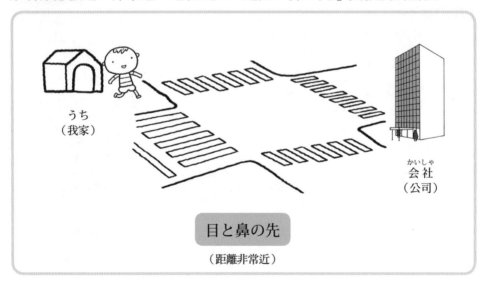

うち
（我家）

かいしゃ
会社
（公司）

目と鼻の先

（距離非常近）

活用句

うちから会社まで 目と鼻の先だ。
_{かいしゃ} _{め はな さき}

從我家到公司，距離非常近。

・〜から：助詞，從〜。　　・〜まで：助詞，到〜為止。　　・だ：斷定的語氣。

318　目に入れても痛くない
（め）（い）（いた）

原字義

眼睛		放入～也	不會痛
目	に	入れても	痛くない

引申義

【原意為】即使把東西放進眼睛裡，也不會痛。
【引申為】比喻非常疼愛小孩子或是小動物。

こうえん
公園
（公園）

まご	じい		
孫	お爺ちゃん	目に入れても痛くない	（非常疼愛）
（孫子）	（爺爺）		

活用句

まご　め　い　いた
孫は 目に入れても痛くないほど かわいい。

孫子就像放進眼睛也不會痛的那樣的可愛。（非常疼愛孫子，覺得孫子很可愛。）

・ほど：助詞，像～那樣的。　・かわいい：可愛的。

319　目に付く

原字義

眼睛　　附著

目　に　付く

引申義

一看就看得到。非常明顯，引人注目。顯眼。

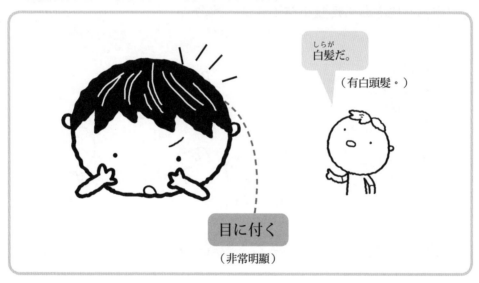

白髪だ。
（有白頭髪。）

目に付く
（非常明顯）

活用句

白髪が 目に付く。

白頭髮很明顯。

320　目<ruby>目<rt>め</rt></ruby>の<ruby>上<rt>うえ</rt></ruby>のこぶ

原字義

眼睛　　　上面　　　瘤

目　の　上　の　こぶ

引申義

眼中釘。眼睛上方的瘤。很煩人的東西。比喻地位或實力在自己之上的人事物，對自己造成妨礙。

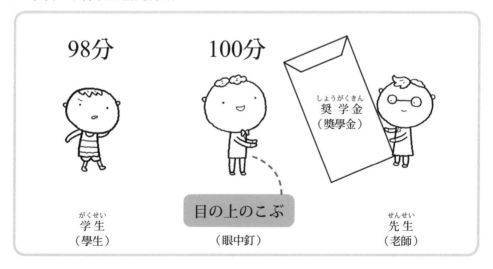

98分　　　100分

しょうがくきん
奨 学 金
（獎學金）

目の上のこぶ

がくせい
学 生
（學生）

（眼中釘）

せんせい
先 生
（老師）

活用句

<ruby>民衆党<rt>みんしゅうとう</rt></ruby>は <ruby>民権党<rt>みんけんとう</rt></ruby>の <ruby>目<rt>め</rt></ruby>の<ruby>上<rt>うえ</rt></ruby>のこぶ だ。

民眾黨是民權黨的眼中釘。

・だ：斷定的語氣。

339

321 目の前が暗くなる

原字義

眼前　　變暗

目の前　が　暗くなる

引申義

眼前一片黑暗。形容聽到不好的消息，感到絕望，不知該如何是好。前途一片黑暗。

ちんぎんひきさ
賃金引下げ

ぜつぼう
絶望（絕望）

どうしよう。

（怎麼辦？）

しゃちょう
社長
（社長）

目の前が暗くなる

（感到絕望，不知如何是好）

活用句

はなし　き　め　まえ　くら
話を聞き、目の前が暗くなった。

聽到消息，感到絕望，不知如何是好。

・話：消息。　　・聞き：是「聞く」（聽）的「中止形」，此處表示「句中停頓」。
・暗くなった：是「暗くなる」（變暗）的「た形」，此處表示「過去」。

340

322　目も当てられない

原字義

眼睛　　　　　　　無法面對

| 目 | も | 当てられない |

引申義

情況太過糟糕，讓人看不下去。慘不忍睹。

お酒（さけ）　　　ゴキブリ　　　ケーキ　　　　　目も当てられない
（酒）　　　　　　（蟑螂）　　　（蛋糕）　　　　　（慘不忍睹）

活用句

目も当てられない状態になった。

變成了慘不忍睹的情況。

・に：助詞，前面接「變化結果」。　　　・なった：是「なる」（變成）的「た形」，此處表示「過去」。
・〜になった：變成了〜。

 MP3 323

323　目を疑う
め　　うたが

原字義

眼睛　　　　懷疑

目 を 疑う

引申義

懷疑自己的眼睛看錯。看了之後感到不可置信，不相信眼前所見的。

預金通帳
よ きんつうちょう
（存款簿）

目を疑う

（懷疑自己看錯）

活用句

残高を見て、目を疑った。
ざんだか　　み　　　　　め　うたが

看了餘額後，簡直不敢相信自己眼睛所看到的。

・残高：餘額。　　・見て：是「見る」（看）的「て形」，此處表示「做～之後」。
・疑った：是「疑う」（懷疑）的「た形」，此處表示「過去」。

324 目を引く
<small>め ひ</small>

原字義

視線　　　　　吸引

目 を **引く**

引申義

引人注目。吸引目光。

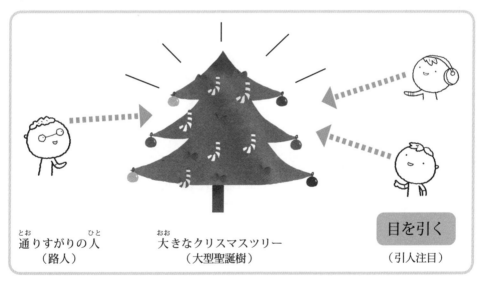

通りすがりの人
<small>とお　　　　ひと</small>
（路人）

大きなクリスマスツリー
<small>おお</small>
（大型聖誕樹）

目を引く
（引人注目）

活用句

大きなクリスマスツリーが 目を引いている。
<small>おお</small>　　　　　　　　　　　　　　　　<small>め　ひ</small>

大型聖誕樹引人注目。

・引いている：是「引く」（吸引）的「ている形」，此處表示「目前狀態」。

325 目を丸くする
<ruby>目<rt>め</rt></ruby>を<ruby>丸<rt>まる</rt></ruby>くする

原字義

眼睛　　　　弄成圓的

目　を　丸くする

引申義

眼睛睜得很大，很驚訝的樣子。瞪大眼睛。驚視。

！！

$ 60,000

<ruby>電話代<rt>でんわだい</rt></ruby>
（電話費）

目を丸くする

（眼睛睜大，非常驚訝）

活用句

<ruby>母<rt>はは</rt></ruby>は <ruby>電話代<rt>でんわだい</rt></ruby>を<ruby>見<rt>み</rt></ruby>て <ruby>目<rt>め</rt></ruby>を<ruby>丸<rt>まる</rt></ruby>くした。

媽媽看到電話費後，眼睛瞪得好大、非常驚訝。

・見て：是「見る」（看）的「て形」，此處表示「做～之後」。
・丸くした：是「丸くする」（弄成圓的）的「た形」，此處表示「過去」。

344

326　目を見張る
<small>め　　み　は</small>

原字義

眼睛　　　　睁大直看

目 を 見張る

引申義

因為感到敬佩、讚嘆，不由得睁大眼睛看。

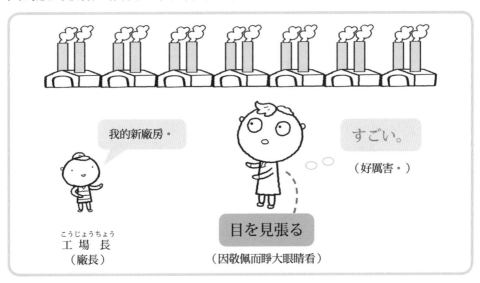

我的新廠房。

すごい。
（好厲害。）

こうじょうちょう
工 場 長
（廠長）

目を見張る
（因敬佩而睁大眼睛看）

活用句

<small>しゃちょう　　　　　　　　　こうじょう　　　め　み　は</small>
社長 は メーカーの工 場 に 目を見張った。

社長對製造商的工廠感到欽佩，不由得睁大了眼睛。

・メーカー：製造商。　・に：助詞，表示「對於～、面對～」。
・見張った：是「見張る」（睁大直看）的「た形」，此處表示「過去」。

327 元も子もない
もと こ

原字義

本金		利息		沒有	本金	利息
元	も	子	も	ない		= $0

引申義

本利全無。什麼都沒了。虧損。一無所得。也有因小失大的意思。

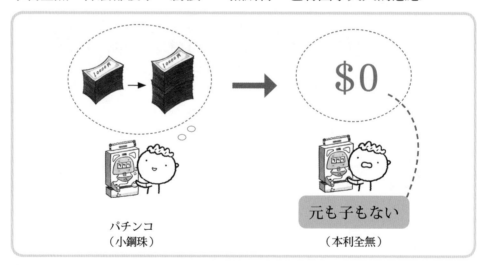

パチンコ
（小鋼珠）
$0
元も子もない
（本利全無）

活用句

全部負けたら 元も子もない。
ぜん ぶ ま　　　　　もと こ

如果全部輸掉的話，就什麼都沒了。

・負けた：是「負ける」（輸）的「た形」。　・動詞た形＋ら：此處表示「如果做～的話」。

328　埒が明かない
らち　　あ

原字義

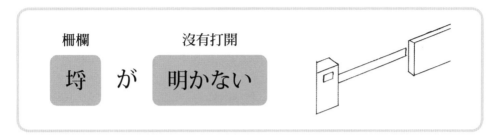

柵欄　　　　　沒有打開

埒　が　明かない

引申義

事情毫無進展，沒有一個結果。

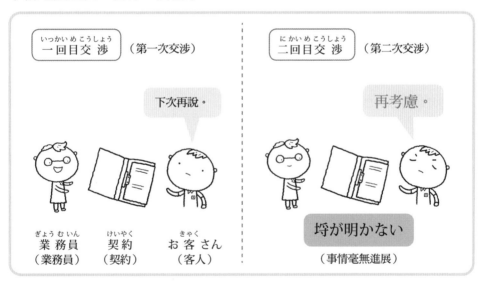

活用句

この交渉は埒が明かない。
こうしょう　　らち　あ

這個交渉毫無進展。

・この：這個。

檸檬樹出版社
Lemon Tree Publishing House

赤系列 24

專門替華人寫的圖解日語慣用句：
外國人猜不到意思，日本人「從小就會、經常使用、人人都懂」的自然用語！（附東京標準音MP3）

初版 1 刷　2014 年 6 月 27 日

作者	福長浩二・檸檬樹日語教學團隊
封面設計	黃聖文
版型設計	洪素貞
責任編輯	鄭伊婷

發行人	江媛珍
社長・總編輯	何聖心
出版者	檸檬樹國際書版有限公司 檸檬樹出版社
	E-mail：lemontree@booknews.com.tw
	地址：新北市 235 中和區中安街 80 號 3 樓
	電話・傳真：02-29271121・02-29272336
會計・客服	方靖淳
法律顧問	第一國際法律事務所 余淑杏律師
	北辰著作權事務所 蕭雄淋律師

全球總經銷・印務代理	知遠文化事業有限公司
網路書城	http://www.booknews.com.tw 博訊書網
	電話：02-26648800　傳真：02-26648801
	地址：新北市222深坑區北深路三段155巷25號5樓

港澳地區經銷	和平圖書有限公司
	電話：852-28046687　傳真：850-28046409
	地址：香港柴灣嘉業街12號百樂門大廈17樓

定價	台幣 379 元／港幣 126 元
劃撥帳號・戶名	19726702・檸檬樹國際書版有限公司
	・單次購書金額未達300元，請另付40元郵資
	・信用卡・劃撥購書需7-10個工作天

專門替華人寫的圖解日語慣用句 / 福長浩二,
檸檬樹日語教學團隊作. -- 初版. -- 新北市：
檸檬樹, 2014.06
面；　公分. -- (赤系列；24)
ISBN 978-986-6703-74-4 (平裝附光碟片)
1. 日語　2. 慣用語
803.135　　　　　　　　　102015104

檸檬樹出版

檸檬樹出版